花菱夫妻の退魔帖　目次

淡路の君
上臈の怨霊で幽霊を食らう。花菱一族の女で、かつて淡路島に島流しにされた貴人の怨霊を慰める役割を担っていた。
孝冬
神職華族である花菱男爵家の次男で、現当主。商人として手広く商売をするかたわら、淡路の君のため幽霊をさがして与えている。
鈴子
瀧川侯爵家の末娘。侯爵と瀧川家の女中だった母との間に生まれ、幼少期を浅草の貧民窟で過ごす。元「千里眼少女」。17歳。
花菱夫妻と十二単の女

花菱夫妻にまつわる人々

嘉忠（右）・嘉見（左）

亡くなった本妻の子で瀧川家跡取りの嘉忠は生真面目。嘉見はぶっきらぼう。ふたりとも官庁勤めで、週末のみ屋敷に帰ってくる。

雪子（右）・朝子（左）

鈴子の異母姉で、双子。千津の娘。鈴子より10ほど年上で、鈴子をかわいがっている。嫁いでいるが、たびたび屋敷に顔を出す。

千津

瀧川侯爵の妾で、雪子と朝子、嘉見の母。当主不在の屋敷で鈴子とほぼふたりきりで過ごしている。新しいもの好き。

銀六

母亡き後の鈴子の面倒を見ていた男性。当時50歳くらい。昔、華族の屋敷で働いていたという。

テイ

同じく母亡き後の鈴子の面倒を見ていた女性で、当時40歳くらい。鈴子の母の友人だった。

虎吉

銀六、テイとともに鈴子と暮らしていた老人。当時70歳くらいで足が悪く、ほぼ寝たきりだった。

イラスト　斎賀時人
デザイン　ウチカワデザイン

虚飾のエメラダ

室辻《むろつじ》子爵夫人は語る。

「――半月ばかり前から、三味線の音が聞こえるんです。ええ、そう、三味線。芸妓が弾くような……。私は長唄だの常磐津《ときわず》だのというのはさっぱりで、どういう曲なのかもわからないのだけれど。なんにしても、あの『べんべん』と響く音ですよ。それが、あなた、薄暗い雨の日なんてとくに、そう、今日のような日になると、遠くから響いてくるの。遠くといっても、家の外ではないのよ。家のなかの、廊下の奥の暗がりから聞こえてくるのよ。それで、怖々、廊下の奥まで行ってみるでしょう。そうすると、なにもないのよ。当たり前だけれど。でも、今度はまた反対のほうから聞こえてくるの。――ねえ、気味が悪いでしょう？」

向かいのソファに腰かけた瀧川鈴子《たきがわすずこ》は、「ええ、ほんとうに」と深くうなずいた。爽やかな若草色の縮緬《ちりめん》地に、蝶を描いた着物を身にまとった鈴子の姿には、楚々《そそ》とした風情がある。当年十七歳、瀧川侯爵家の末娘である。少女と呼ぶには大人びており、けれども大人というには成熟しきっていない、完成間近の彫像のような美しさのある乙女だった。

鈴子の反応に、夫人は安堵したように息を吐き、藤鼠《ふじねず》の着物の胸に手を置いた。指には淡い黄緑色の宝石を嵌《は》めた指輪がきらめいている。

「主人は聞こえないと言うのですよ。私の気のせいだって。でも、最近では姿まで見えるようになって……」

夫人は両手を胸元で握りしめて、背中を丸める。

「ちらと目の端に映るだけなのですけれどね。顔をそちらに向けるともう、すっと動いてしまうの。でも、はっきり見えないというのに、どうしてか、手に取るようにわかるんですよ、女の風体が……。着物の柄まで」

鈴子は、つと視線を夫人の背後に向けて、すぐそらした。

――濃紫の地に柳。

「地色は鮮やかな濃紫で、柳の柄が入っていて……」

夫人の言葉に、鈴子は軽くうなずく。いま、夫人のうしろに立つ女の着物が、まさにそれであった。

女はうつむいていて、顔は見えない。ただ、きれいな形をした青白い額だけが、くっきりと際立って見える。潰し島田に結った髪が乱れて、無残にほつれていた。着物の衿から胸にかけてが、ぐっしょりと濡れている。水ではない。赤黒い血で。

血は、女の喉もとから垂れていた。

「芸妓に、お知り合いでもいらっしゃいましたか」

尋ねた鈴子に、夫人は「いいえ」と首をふる。が、「主人はわかりませんけれどね」と皮肉げに言って、かすかに笑った。彼女の夫は室辻子爵。親戚の家から迎えた婿養子である。

室辻家の瀟洒《しょうしゃ》な洋館の窓を、雨が打つ。その音に交じって、三味線の音色が聞こえた。撥《ばち》が弦をはじく、硬質で余韻を残す音だ。夫人はびくりと肩を震わせ、おびえた顔をする。

「聞こえて？」

「はい」と短く鈴子は応じる。

「聞こえるのね、やっぱり、私の幻聴ではないでしょう？　ああ、いや……」

夫人は震える手で耳をふさいだ。

「いったいどうして……なんの祟りだっていうの……室辻の家にはこんなこと一度も……」

三味線の音が聞こえないようにか、ぶつぶつ言いながら、夫人はうなだれる。

鈴子は、濃紫の着物の女が、手に撥を握っていることに気づいた。撥からは血が滴っている。三味線の音に紛れて、すすり泣きの声がした。夫人のものではない。血を流した女のものだ。鈴子はわずかに身を乗りだし、その声に耳を澄まそうとした。だが、「ねえ」と夫人に話しかけられ、鈴子はそちらに向き直るしかない。

「こんなことは、よくあるの？　あなた、お詳しいのでしょう。お祓《はら》いをすれば、なくなるかしら？」

「わたしは趣味で怪談を蒐集《しゅうしゅう》しているだけで、詳しいわけではございません。よくあるかどうかと言えば、滅多にないことでございましょう。お祓いのことは、わかりかねます」

淡々と訊かれたことに答えを返す鈴子に、夫人は不満げな目を向けた。

「じゃあ、花菱《はなびし》男爵のことはご存じ？」

唐突に話が飛んで、鈴子は面食らった。

「花菱……？　いえ、どのような――」

つと鈴子は言葉をとめた。夫人のうしろにいる女が、顔をあげたからだ。

白い顔だった。血の気がなく、目は濁っている。唇だけが妙に赤い、と思ったら、それは血で濡れているのだった。口が動いて、なにか言っているが、声は聞こえない。裂けた喉から血が逆流して、声の代わりに口からほとばしった。

――……あ……。

かすれたうめき声だけが、かすかに聞こえた。女は苦しむようにもがき、身をかがめる。鮮血が絨毯《じゆうたん》に散る。

「どうかなさって？」

けげんそうに夫人が鈴子の視線を追い、うしろをふり返る。それと同時に、女は手にした撥を夫人に向かってふりかざした。

「だめ！」

鈴子はとっさに立ちあがり、座卓を乗り越えて夫人に覆い被さった。そのときふと、香りがした。清冽《せいれつ》で気高い、凛とした芳香だった。

ドアが勢いよく開く。香りが強くなった。顔をあげると、美しい衣が目に入った。

――十二単、という言葉が浮かんだ。本で見たことがあるような、公家のお姫様の衣だ。ちょうど、そのような装束《しようぞく》だった。目の前にいる、女の衣が。

白い瓜実顔《うりざね》に品のよい切れ長の目をした、垂れ髪の女が、十二単の装束姿で、かたわらに立っている。鈴子には一瞬、それが生身の人間なのか、はたまた生きていない者なのか、わからなかった。

鈴子には、生者も死者も、等しく映る。それが血を流した明らかに生きていないであろう姿であれば、幽霊だとすぐにわかるが。

十二単の女が生者ではない、とわかったのは、その動きからだった。

その女は、尋常でない速さで、血を流した濃紫の着物の女に飛びかかり、その頭を食ってしまった。

食ってしまった、としか形容のしようがなかった。

大きな口を開けて噛みついたわけではない。十二単の女が飛びつくと、濃紫の着物の女の頭が、ぱっと煙のように消えてしまったのだ。次いで、上半身が。さらに、下半身も。ぽと、と絨毯の上に、三味線の撥だけが落ちた。黒ずんだ血がこびりついている。それもまばたきしたあとには、消えていた。

十二単の女が、くるりとふり返る。紅唇の両端が吊り上がった。笑ったのだ。笑みを浮かべたあと、女の姿は、ふう、と揺らいだ。紫煙のようにその姿は溶けて、ふわりと漂う。煙はするすると部屋の入り口のほうへと流れてゆく。それを目で追い、鈴子は、あっと声をあげた。

男が立っていた。

いつの間にいたのだろう。二十代半ばかと思われる、濃灰色のスーツがよく似合う長身の青年だった。端整な顔立ちは上品というよりは精悍《せいかん》で、しかし野卑《やひ》ではない。口もとにわずかばかり、笑みを浮かべていた。

煙は彼のほうに伸びてゆき、その身を取り巻く。一瞬、十二単の女が絡みつくように見えて、消えた。

鈴子は呆気にとられて、固まっていた。目の前で起こったことは見えてはいたが、いったいどういうことなのか、理解はできていない。

「夫人は、大事ありませんか」

青年が言った。やわらかな低い声だった。鈴子は、はっとして子爵夫人を見おろす。夫人は失神していた。ふり返った瞬間に、撥をふりかざした幽霊の姿が目に入ったのかもしれない。

「気を失ってらっしゃるわ」

「それはいけない。医者を呼ばなくては」

言って、青年は部屋から出ていった。鈴子は夫人をソファに寝かせて、頭にクッションをあてがう。駆けつけた女中に夫人を任せて、鈴子は部屋を出る。邸内が騒がしくなるなか、鈴子は玄関に向かった。女中のひとりに帰る旨を伝えて、鈴子の御付《おつき》女中と下男を呼んでもらう。広々とした玄関ホールにある長椅子に腰をおろしてひと息つくと、「もうお帰りですか」近くで声がして、鈴子は飛び上がりそうになった。

ふり向くと、さきほどの青年がすぐそばに立っていた。気配がしなかったので、驚いた。

――これは幽霊じゃない……わよね。

ひとを呼びに行っていたから、生きている人間のはずだ。半信半疑で青年を見あげていると、彼はかすかに笑った。

「私は幽霊ではありませんよ」

なめらかないい声をしている。これまで聞いたなかで、最もいい声の持ち主かもしれない。とはいえ――と、鈴子は青年の顔をじっと眺めた。

――うさんくさい。

「さきほどの……あれは、いったい、なんでございましょう」

鈴子の問いかけに、青年は微笑を浮かべたまま、すこし首をかしげた。

「『あれ』ですか。もうすこし対象を絞った問いかたをしていただけませんか。返答に困る」

鈴子は眉を寄せて、口早に言った。「十二単の女です」

「ほう……」

青年はまじまじと鈴子を眺めたかと思うと、隣に腰をおろした。鈴子は端に寄ろうとして、青年からふわりといい香りが漂うのに気づいた。さきほどしたのとおなじ芳香だ。西洋の香水とは違う、薫《た》きしめた香のにおいだった。

「私は花菱孝冬《たかふゆ》といいます。横浜で商人をやっています。麹町にも家がありますが」

青年は鈴子の問いには答えず、そんな自己紹介をした。いましがた、室辻夫人から聞いたばかりの名ではないか。鈴子は青年の横顔を見やった。

「花菱……男爵？」

「そうですよ」

青年――花菱孝冬は微笑した。そんな笑いかたをするのがひどくうまいひとだだと、鈴子は思った。思いながら、華族名簿を頭のなかでめくった。

――男爵……花菱……花菱……。

記憶を辿り、なんとか思い出した。

「花菱男爵とおっしゃいますと……神社の……神官のかたではございませんでした？」

「神官というのは、厳密には伊勢神宮だけに使いますね。花菱の家は、神職です。淡路島にある島神《しまがみ》神社の宮司ですよ」

「ああ――」

神職華族だ。明治になって定められた特権階級、華族は、かつての公家もいれば大名もいるし、維新勲功者、僧侶とさまざまな人々がいる。伊勢神宮や出雲《いずも》大社《たいしゃ》といった神社の神職も華族に列せられていた。

「あら、でも商人と……」

「少々、事情がありまして。興味がおありでしたらお話しします」

「いいえ、結構でございます」

鈴子は首を横にふる。彼の笑顔がうさんくさくて仕方ない。早くこの場を立ち去りたかった。御付のタカがまだやってこない。麹町のこの屋敷から赤坂の瀧川家まではそう遠くもないので、ひとりで帰ってよければ帰るのだが、あとでタカに叱られる。

「あなたは、瀧川侯爵の末のご息女ですね」

鈴子は孝冬の笑顔をちらりと見やり、

「さようでございますが。お目にかかったことがございましたかしら」

「お会いするのは、これがはじめてです。ですが、私の行く先々であなたのお話を耳にするもので」

「あなた様の行く先々……？　そういえば、今日はどうしてこちらに」

「お祓いを頼まれたのですよ。宮司ですからね」

――お祓い。

あれが？　十二単の女が、幽霊を食ってしまった、あれが――。

光景を思い出して、鈴子は眉をひそめる。

「あなたは怪談蒐集がご趣味だとか。ご令嬢がたのあいだで流行っているとも思われませんが、なぜそんなことを？」

「趣味はひとそれぞれでございましょう」

鈴子は無愛想にただそう答えたのみだった。

「酔狂《すいきょう》なご趣味ですね。ほかにご令嬢にふさわしいお遊びはいくらでもあるでしょうに」

「『ご令嬢』にふさわしくないのなら、わたしにはふさわしいでしょう」

揶揄《やゆ》するような孝冬の口調にいささか苛々して、鈴子はぴしゃりとそう言い放った。

「ああ、誤解させたのなら申し訳ない。あなたが貧民窟《ひんみんくつ》の出だからといって、皮肉を言ったのではありませんよ」

鈴子は孝冬の顔を眺めた。孝冬は薄い笑みを浮かべたまま、鈴子の瞳をじっと見返してくる。孝冬の瞳は深い鳶《とび》色で、表情と違って暗く、鬱蒼《うっそう》とした森の暗闇のようだった。

鈴子は妙な寒気を覚えて、さっと立ちあがった。

「帰ります」

「すみません、ご気分を害されましたか」

「いいえ。わたしが貧民窟で育ったのは事実でございますし、皆さまご存じでいらっしゃいますから」

「いや、余計なことを言いましたね。申し訳ない」

「ですから、そういうことではございません」

むしろ、こういうやりとりに苛々させられる。鈴子は顔を背けて玄関に向かった。孝冬はそのあとをついてくる。

「まさか、おひとりでお帰りになるわけじゃないでしょう。御付の者は――」

「ひとりで帰れます」

「ご冗談を。でしたら、うちの車でお送りしましょう。雨ですよ。お召し物が濡れてはいけないし、風邪をひいてはたいへんだ」

言葉を重ねる孝冬に対して、鈴子はむっつりと押し黙っていた。

「瀧川さん――鈴子さん。あなた、あの上臈《じょうろう》が見えたんですよね」

「え?」

『上臈』がわからず、鈴子はふり返った。孝冬はさきほどまでとは異なる、冷たいような笑みを浮かべていた。

「鈴子さん、私と結婚しませんか」

鈴子は唖然として、声も出なかった。

　大正九年の春は、不況の渦中にあった。世界戦争によってもたらされた空前の好景気は戦争の終結とともにたちまち萎《しぼ》み、いっとき盛り返したものの、三月の株価暴落によって完全にとどめを刺された。いわゆる船成金や鉄成金、株成金といった、戦争でずいぶんと儲けた人々は、当時その金遣いの奇抜さで大衆の顰蹙《ひんしゅく》を買いもしたが、戦後は大半が没落の道を辿っている。

　瀧川侯爵家にとって深刻な問題であったのは、株価暴落であった。瀧川侯爵すなわち鈴子の父は、まったく経済に明るくないくせに投資好きで、「いま買い逃すと後悔しますよ」「これまでの損を取り戻せますよ」などと言われるとほいほい出資してしまう。ゆえに、株価暴落の大波をもろにかぶった。

　瀧川家は、華族のなかでも裕福と言われる大名華族である。もとは伊勢地方の大名家で、土地の収入もあるし、郷里のほうで瀧川商事という金融業もやっていて、本来であればじゅうぶんすぎるほどの財力がある。だが、現状、父がそれを無駄に食い潰しているのである。『一刻も早く隠居させなくては』というのが親族のあいだで一致している意見であり、醜聞とならずにいかに隠居にまで持っていくかが悩みの種でもあった。そもそも当人に隠居の意思がさらさらないことも問題だ。きっと今日もどこかで元気に散財していることだろう。

父はまた、放蕩《ほうとう》者の例に洩れず、艶福《えんぷく》家でもあった。本妻のほかに妾《めかけ》が数人、果ては女中にまで手を出した。その女中が鈴子の母である。鈴子を孕んだ母と瀧川家とのあいだであれやこれやと悶着《もんちゃく》があったようで、母は瀧川の屋敷を去り、流れ流れて最後は浅草《あさくさ》の貧民窟に至った。幼い時分に母は病気で死んだので、鈴子は彼女の故郷がどこか、親類はいるのかといった事情をまるで知らない。

鈴子が瀧川家に引き取られたのは十一歳のときだった。当時はまだ先代侯爵が存命で、父の影は薄かった。というか、いまも父は遊び歩くのに忙しく、帰宅するのは懐がさびしくなったときくらいのものである。鈴子にとって父は、陽炎《かげろう》よりもぼんやりとして、印象ははなはだ薄い。

本妻は産褥《さんじょく》熱で身罷《みまか》っており、鈴子が引き取られたときにはすでに故人だった。屋敷にいたのは、妾ひとりである。ほかにも妾は数人いたそうだが、妾のうちで子を産んだのは彼女だけで、屋敷に住むことを許されていたのも彼女だけだった。ほかの妾には、鈴子は会ったこともない。

父の子は鈴子のほか、本妻の産んだ嫡男がひとり、妾の産んだ子が三人——娘がふたり、息子がひとりの計三人である——だが、兄ふたりは寄宿舎暮らし、姉ふたりは嫁いでいて、引き取られた当時からいまも、屋敷にはいない。兄ふたりは週末を屋敷で過ごすし、姉ふたりもたびたび顔を出しには来るものの、平素は使用人のほかは、広大な屋敷のなか、鈴子と妾のふたりで暮らしているようなものだった。

「鈴子さん、今朝がた麻布の叔母様がみえて、あなたを花菱男爵に嫁がせてはどうかとおっしゃるのだけれど、どうかしら？」

四月も末の昼下がり、父の妾である千津《ちづ》にそう言われて、鈴子は飲んでいた茶を噴き出しそうになった。室辻子爵邸で孝冬と出会った、数日後のことである。

あの日、孝冬から結婚を申し込まれて、鈴子は即座に、

『いやです』

と答えた。わけがわからなかったからだ。仲人も介さず、縁談もなにもなく、当人を目の前に求婚するというのも型破りだったが、それ以上に孝冬が胡乱《うろん》で得体《えたい》が知れず、断る以外の言葉は出てこなかった。鈴子のきっぱりとした返答に、孝冬はただ黙って笑っていた。それもまた不気味だった。

――外濠《そとぼり》を埋めに来たわね。

よりにもよって、麻布の叔母。彼女は父の妹で、縁談の世話をするのが三度の飯よりも好きという夫人である。どう話を持っていったのだろう。

「どうと言われても……いつものように、お断りしてください」

「あら、もったいない。花菱男爵って、背が高くてとても様子のいいかたよ」

知っている。とは言わずに黙って茶を飲んだ。

「資産家でもあるし。手広くお商売をなさっているのよ」

「いまの不景気のなかじゃ、たいへんなんじゃありませんか」

「あなた、知らなかった？　こないだ三越で、ほら、『フロラ』の『ダーリヤ』を買ったでしょう。あなたも『白百合』を買ったじゃないの」

「西洋香の……？」

『西洋香　フロラ』は、西洋の香水の香りを模《も》した印香《いんこう》である。印香というのは、練り合わせた香料を型抜きして乾燥させたもので、ようは形の変わった線香のようなものなのだが、『フロラ』は薔薇にすみれ、ダーリヤといったハイカラな花を用いているのが斬新で、形もそれぞれの花を象《かたど》っており、色とりどりの干菓子のようでかわいらしい。花の女神を描いた可憐なラベルや広告も話題で、夫人から女学生まで、たいへんな人気ぶりである。とくに女学生のあいだではこれを紗の袋に入れて繻子のリボンを結び、匂い袋のようにして使うのが流行りだという。

「あれを売り出した『薫英堂《くんえい》』は、花菱家が経営しているのよ。薫物や線香を作っているところね。淡路島に製造所があって、横浜に会社があるのだったかしら。ほら、淡路島は線香作りが盛んでしょう」

「……知らなかった……」

「それに、花菱家は由緒ある古い家ですからね」

「……でも、男爵でしょう」

抗議するように言ってみると、千津は、ふっと笑った。千津は怜悧な美貌を持つ婦人で、そういう唇の端をちょっとあげるような笑いかたがよく似合う。

「男爵だの侯爵だのっていうのはね、家格や由緒と必ずしも一致しているものじゃないのよ。政府が手前勝手に作った制度だもの、まったくなってないわ。花菱家は、そんじょそこらの公家より古い家よ。私の実家《さと》より由緒正しいんじゃないかしら」

千津はもと芸妓だが、没落した公家華族の娘である。公家華族は内証の厳しい家が多く、借財を重ねて困窮し、なかには華族の体面を保てず爵位を返上する者もあった。

「あなたも、出雲大社の千家《せんげ》男爵の話は知っているのではなくて？」

「ああ――」

千家家は代々、出雲大社の宮司で、その由緒来歴はいわずもがな、とても古い。それが明治になって華族に列せられると、ほかの神職華族と横並び、十把《じっぱ》一絡《ひとから》げで男爵にされてしまった。それで当時の千家当主は、爵位を上げてほしいと政府に願い出たのである。結局、その願いは聞き届けられなかったが。

「花菱家は淡路島の、伊弉諾尊《イザナギノミコト》をお祀りしている神社の宮司だけれど、もとは島の領主だったそうよ。飛鳥だか奈良時代だかに島に香木が流れ着いて、それを天皇に献上したとか」

「へえ……」

鈴子の気のない相槌は、あきらかに興味の薄いことを示している。それとは反対に、千津は熱っぽく話をつづけた。

「麴町にあるお屋敷も、とてもすてきよ。一度見に行ってごらんなさいよ。煉瓦《れんが》造りの洋館でね、蔦《つた》を這わせてあって、雰囲気があるの」

「ずいぶん乗り気なんですね。前は嫁に行かずとも職業婦人になればいいとおっしゃっていたのに」

千津は新しいもの好きである。髪も鏝《こて》でウエーブをつけていて、ときおり洋服も着る。女性の洋装はまだめずらしく、青バスの女車掌など職業婦人の制服くらいだった。国内ではじめての女車掌が誕生したのも、ほんの数ヶ月前のことである。

とはいえ、華族令嬢がなにかしらの職業に就くなど、世間からどんな非難を受けるか知れない。現実離れした軽口である。

「あなたは運がいいのよ。だってあなた、御前様がまだご存命のときだったら、どこぞの狸みたいな成金に問答無用で嫁がされていたかもしれないのよ」

『御前様』は、先代の侯爵のことである。父の父、つまり鈴子にとっては祖父にあたる。本来であれば祖父亡きいま、当主をさす御前様と呼ばれるべきなのは父なのだが、いまだ御前様といえば祖父なのだ。千津は父のことを『旦那様』と呼んでいる。

祖父は厳格な人物で、瀧川家のすべては彼によって決められていた。千津の産んだ娘ふたりは――鈴子にとっては異母姉だ――、いずれも財閥に嫁いでいった。決めたのは祖父である。

鈴子はこの家に引き取られたあと、祖父の方針で、華族の女子が入学する女子学習院には通わず、家庭教師がつけられた。

千津の息子と、産褥熱で死んだ本妻が産んだ息子は、ともに七歳になったら屋敷の外にある寄宿舎に移され、厳しくしつけられて育ったそうだ。すべて祖父の命令による。もっとも、華族にはそういう家が多いらしいが。

祖父が生きていたころは父の放蕩ぶりもいますこしおとなしかった。二年前に祖父が死んでからというもの、父は糸の切れた凧のようである。いや、放牧されっぱなしの馬か。

「狸みたいな成金より花菱男爵がましだっていう保証はないでしょう」

「あら！　だって花菱男爵はたいそうな二枚目よ」

千津は面食いである。男女問わず美形を愛《め》でる。本人が婦人雑誌にたびたび写真つきで紹介されるほどの美貌の持ち主なのだから、鏡でも見ていればいいのでは、と思うのだが、そういうものではないらしい。ちなみに美形の中身には頓着しない。だから父の妾がつとまっている。

「……そういうかたなら、ほかにいくらでも縁談がふってわいているのでは？」

「それがねえ、お商売をされているでしょ、それが忙しくって、結婚は後回しになっていたのですって。ようやくいくらか暇ができて、そういう気になったらしいのよ。だから言っているじゃない、あなた運がいいって」

「……」

うさんくさい。鈴子は孝冬の作り物めいた笑顔を思い浮かべた。

「……千津さん、『上臈』って、どういう意味ですか？」

「あら、なに？　上臈？」

脈絡のない問いに千津はきょとんとしたが、たいして疑問に思ったふうもなく答える。

「上臈は、そうねえ、簡単に言えば、宮中に出仕する身分の高い女性のことよ。典侍《ないしのすけ》……といってもわからないかしら。大臣の娘とか、位でいったら三位とか、そういう女性よ。上臈、中臈、下臈とあるのよ」

「ふうん……」

ようは、高貴な女性か。――あの十二単の幽霊は、そういうひとだったということ？　あれが見えたから、どうだというのだろう。それでなぜ、結婚という話につながるのか。

鈴子は頰杖をついて考え込み、千津に「頰杖はおよしなさいよ、顎が歪んでしまうわ」とたしなめられて、立ちあがった。

「ちょっと、出かけてきます」

「あら、どこに？」

「千津さん、言ったでしょう。『一度見に行ってごらんなさいよ』って。見に行ってきます」

「まあ」

千津は目をぱちくりさせた。「花菱男爵のところに？　興味がわいたの？」と言い、にんまりとした顔をする。

「中身が旦那様みたいな、ろくでなしじゃないといいわねえ」

それにはとくに言葉を返さず、支度してきます、と言い置いて、鈴子は自分の部屋へと戻った。

杏色の縮緬に白い薔薇を染め抜いた着物に、アール・ヌーヴォー調で蝶を描いた染め帯を合わせ、帯揚げと帯締めは帯の地色である若菜色を選ぶ。薔薇の刺繍が入った半衿に、帯留めは蝶の銀細工にエメラルドを嵌め込んだもの。羽織は東雲《しののめ》色の地にこぼれんばかりの薔薇を描き、裾を淡い若草色にぼかし染めたもの。こうした着物や宝飾類は、すべて千津や異母姉たちの趣味である。

外に出るとき、鈴子は瀧川侯爵家の看板を背負っているので、みすぼらしい格好はしてはならない。彼女たちはそう言う。それが華族の体面というものだ。保つのは並大抵の財力ではできない。だから内証の苦しい華族は財閥や成金と縁組みするのである。このエメラルドの出所だって、異母姉の嫁ぎ先だった。瀧川家の『表』からは、とてもそんな資金は出ない。『表』というのは家政を取り仕切るところで、資産の管理も運用もそこが行う。本来、父だって勝手に侯爵家の資産は使えないが、ほうぼうで侯爵の名で借金をこさえてくるので、『表』の人々も尻拭いをするしかないのである。だからほかの部分で蛇口を締めねばならないのだ。

鈴子は帯留めのエメラルドを眺めて、ふと、室辻子爵夫人の指輪の宝石を思い出した。淡い黄緑色の宝石、あれはおそらく合成宝石のエメラダだろう。合成宝石はこの不況時に喜ばれている廉価《れんか》な輸入品で、流行の品ではあるが、体面を気にする華族が人前でつけるのは、いささか腑《ふ》に落ちない。あの合成宝石が好きで身につけているのであれば、余計なお世話だろうが。

鏡台の前に座り、女中に髪を結ってもらいながら、夫人の指輪やら、芸妓の幽霊やらのことを考えていた。髪はうしろで三つ編みにして、うなじでくるりと巻いてとめ、幅広のリボンを結ぶ。こうした若い娘に人気のリボンは、おおよそフランス製の絹である。幅の広いものが好まれて、女学校では幅の寸法に制限がかかるほどだという。鈴子が今日選んだリボンは若緑だ。この時季の新緑を映したようなリボンは、鏡越しにも生き生きとして見えた。鈴子には乙女らしい初々しさが足りぬと御付のタカによく嘆かれるので、こんなリボンで飾ればいくらか溌剌《はつらつ》として見えるのではないだろうか。

最後にイギリス製の白いレースの手袋をはめる。これは左手の甲に火傷のような痕があるためで、外出のさいにはつねにつけるようにしている。いつ、どこで負った傷なのか、鈴子にもわからない。ということは、物心つく前に負った傷なのだろう。

青磁《せいじ》色のパラソルを手にしたとき、御付のタカがちょうどやってきた。縞《しま》の銘仙《めいせん》を着た、四十過ぎの女性だ。令嬢のふるまいなど爪の先ほども知らなかった鈴子の教育係にと、祖父がつけた古参の女中だった。鈴子は彼女によって容赦なく行儀作法をたたきこまれ、現在、表向きはそれなりに令嬢らしくふるまうことができている。『です』ではなく『ございます』を使えだの、『すみません』ではなく『申し訳ございません』『おそれいります』と使い分けろだの、まあ口うるさい。最初のころはそれを真面目に聞いていた鈴子も、いまは家では砕けた物言いをするし、タカにくちごたえもする。はっきり自分の意思を口に出すのも品がないと叱られたが、『それならお人形でも置いておけばいいんだわ』と言ったら、タカも諦めたのか、それについてはなにも言われなくなった。

「ご令嬢がおひとりで殿方のお屋敷を訪ねるなんて、いけませんよ」

花菱家へ行くと言ったら、タカは目つきを鋭くしてそう言った。

「ひとりじゃないでしょう、あなたがいるんだもの」

「殿方を訪ねるのがいけないのでございます。若様たちがご一緒でしたらようございます」

「お兄様がたは土曜の午後にならないといらっしゃらないじゃないの。それにお忙しいでしょうし。いつものように桐野《きりの》をつれてゆけばいいでしょう」

桐野は下男である。怪談を聞きに行くさいに付き添いとしてつれてゆく青年だった。

タカはおおげさにため息をついて、ようやく「わかりました」と言った。彼女は鈴子の怪談蒐集もよくは思っていない。

ひと目があるからと、自動車で麴町の花菱邸に向かう。華族のご令嬢はふらふらと出歩いたりしないのである。自動車は馬車より維持費がかからなくていいそうだが、なんにしても、鈴子にとって自分の足で歩かず進むというのはいまだに落ち着かず、体がむずむずした。

外は先日とは打って変わって、すっきりと晴れている。気持ちのいい陽気で、出歩いているひとも多い。街なかの長閑《のどか》な光景を見ると、つい春先まで、ひどい流行性感冒が猛威をふるっていたのが嘘のように思える。

戦争のさなかに世界中で蔓延《まんえん》していた流行病が、帝国内にも広がっていったのは大正七年のことで、俗に『西班牙《スペイン》風邪』とか、『悪性感冒』とか呼ばれていた。七年の秋から八年の春にかけて最初の流行があり、次いで八年の暮れからこの九年の春にかけての再流行はさらに猖獗《しょうけつ》を極めた。死者の多さに火葬が間に合わなくなったり、新聞が黒枠の死亡広告でいっぱいになったりといった有様で、この時期はさすがに鈴子も外出を許されなかった。街角にはマスクとうがいを推奨するカラーポスターが貼られて、朝夕、塩水で丁寧にうがいをするようにもなった。もう脅威は去ったのか、それともまた冬になって流行がぶり返すのか、わからない。だからまるきり安心というわけにもいかないのだが、やはり周囲が平常を取り戻しているのを見ると、安堵で気は緩んだ。

「花菱男爵は、横浜にいらっしゃるのでは？　麹町にお訪ねになっても、いらっしゃるかどうか」

とタカはいぶかしんでいたが、鈴子には予感があった。孝冬は、いる。縁談を聞いた鈴子が、どういうことかと乗り込むのを待ち構えている。

そんな気がした。

鈴子のこうした勘は、外れたことがない。

麹町や赤坂といった界隈は、華族の邸宅が多い。宮城《きゅうじょう》を取り囲む市街地のうち、麹町や赤坂を含む、北から西にかけての小高い丘が、いわゆる『山の手』と呼ばれる地域である。丘をくだると下町で、赤坂でも瀧川邸があるあたりは山の手だが、田町などは下町になる。文字通り山のほう、高台にあるのが山の手だった。

東京が江戸であったころは、山の手には旗本屋敷や大名屋敷の上屋敷、中屋敷などが甍《いらか》を並べていたものの、それらは明治になると政府に軒並み没収されて、官用地、軍用地になってしまった。役所になったり、役人の住まいに使われたり、練兵場となったりしたわけだ。だが、使われぬ屋敷は荒れるに任されたので、練塀は崩れ、屋敷は朽ち、あるいはその前に解体されて運ばれて、あとに残ったのは雑草ばかり。明治のはじめごろは、そうやってうち捨てられた屋敷町は荒れ放題で、ひどい有様だったらしい。それに困った政府が土地を払い下げようとしても、買い手がつかぬほどだったという。世の中が落ち着いてくると住民も増え、賑わいを取り戻し、いまのような姿となった。鈴子にはこのあたりが荒れ野原だった様子など思い描けないが、浅草にいたころ、一緒に住んでいた老爺に聞いたのだ。

麹町にある花菱邸は、敷地こそさほど広くはないが、立派な洋館だった。煉瓦造りの二階建てで、赤煉瓦を積んだ壁には蔦が這っている。建物の角や窓の周囲は白い花崗岩が使われており、花菱の文様が彫り込まれていた。玄関扉や窓のステンドグラスにも花菱の文様があしらわれている凝りようだ。

瀧川邸は大きな洋館と昔ながらの日本家屋の両方があり、鈴子はいまさら立派な屋敷に驚きはしないが、瀧川邸の洋館がどっしりと重厚なのに比べて、こちらの洋館は洒落っ気が強い。洋館といっても違うものだなと感じた。

だが、壁を覆う蔦のせいだろうか、妙に陰鬱に映る。それとも、鈴子の心持ちのせいなのか。

訪問を告げていたわけでもないのに、車が近づいただけで門番は速やかに門扉を開いた。玄関前に、家従らしきお仕着せを着た青年が出迎えるように立っている。鈴子を乗せた車は屋敷の車寄せにとまり、下男が扉を開けた。車から降りると、家従が一礼し、誰何することもなく「お待ちしておりました」とだけ告げる。風貌からするとまだ二十代だろうが、初老のような落ち着きのある青年だった。若くなければ家令かと思うところだ。

上部に美しいステンドグラスの嵌まった玄関扉が開いて、

「やあ」

と気軽な様子で孝冬が姿を見せた。今日は淡い灰色のスーツを着ている。

「そろそろおいでになる頃合いだと思っていました」

なんと答えたものだろう。鈴子はさぐるように孝冬の顔をじっと見あげた。孝冬はうっすらと笑みを浮かべているが、感情の読めない瞳をしている。

「どうぞ」

招じ入れられた玄関ホールは吹き抜けで、明るい陽光が降りそそいでいる。ふと薄い芳香がして、鈴子はホールを見まわした。左右に扉があり、突き当たりの角に階段がある。その向こうに廊下があるようだった。おそらく左右の部屋は応接間など表向きで、廊下の先は奥向きの場所なのだろう。芳香はその奥から漂ってくるような気がした。においは目には見えないから、まったくもって鈴子の勘だったが。

「御付のかたはこちらに」

家従の青年が左側の扉を示すと、タカはとんでもない、と言いたげに眉をあげた。

「わたくしはお嬢様に付き添います」

男とふたりきりにするなどあり得ないということである。青年は指示を仰ぐように孝冬を見た。孝冬は鈴子を見る。

「わざわざ呑気にお茶を飲みに来たわけでもないでしょう。私は腹のさぐりあいではなく、腹を割って話をするつもりですよ」

鈴子はタカのほうを向いて、

「ひとりにしてちょうだい」

ときっぱり告げた。こうなると、口うるさいタカも一線を越えてはこない。小さくため息をついただけだった。

「こちらへどうぞ」と、孝冬は先に立って歩きだす。芳香の漂うほうへと。突き当たりの角を曲がると、やはり廊下があった。香りが強くなる。間違いなく、先日嗅いだ香りだった。廊下を進み、孝冬は一室の扉の前で立ち止まる。

「――においがしますか？」

訊かれて、鈴子は孝冬を見あげる。

「先日、お会いしたときとおなじ香りが……」

孝冬は無言でうなずいた。笑みは消えている。彼は扉を開けた。むせかえるような強い香りに包まれ、鈴子は袂で鼻を覆った。上品で清々しい香りだとは思うが、ここまで濃いとさすがに息苦しいほどだ。

扉のなかは、八畳ほどの洋室だった。床はモザイクタイルが敷き詰められて、壁もタイル貼りだ。薄暗い、と感じたのは窓が極端に小さく、高い位置にあるためで、丸いその窓には花菱文様のステンドグラスが嵌まっていた。室内に調度類は壁際の棚と、中央にある小さな卓のみで、卓上には香炉が据えてあった。牡丹《ぼたん》が描かれた色絵の香炉だった。香りはそこから漂うのかと思ったが、煙は出ていない。薫かれてはいないらしい。

「これは色鍋島《いろなべしま》の香炉です。特注品ですよ」

孝冬は香炉を指して言うが、鈴子にはよくわからない。

「はあ……」

「上等の品でないと、彼女は承知しないので」

「彼女?」

「先日、あなたもご覧になったでしょう」

「……『上臈』?」

孝冬は薄く笑った。

「そうです」

「あれは、幽霊？」

「『あれ』なんて言うと、へそを曲げます。気位が高いので。なんせ、上﨟ですから」

「……あの上﨟は、幽霊なのでございますか？」

言い直すと、孝冬はすこし首をかしげた。

「幽霊というより、怨霊ですね」

「怨霊……」

鈴子は、幽霊を食ってしまったあの上﨟の姿を思い返していた。

「少々話が長くなりますが」

と前置きして、孝冬は香炉に目を向けた。

「花菱の家が神社の宮司だというのは、前にお話ししましたね。淡路島の神社の宮司だと。淡路島にご旅行なさったことは……ありませんか。いいところですよ。今度ご案内しましょう。汽車で行くのが早いですが、船旅もいいですね。船には酔いませんか」

「そういう話では」

「では、そちらはあとでご相談しましょう。そう――淡路島の神社の宮司で。古い時代には島の領主だったようですが、淡路島は海路の要所ですからね、早い時分に天皇家の下についた。漂着した香木を献上したりして。だから、ずいぶん古くから天皇家とつながりがあったわけです。で、あの島は貴人の配流される島でもあった……ああ、島流しされたということです。淡路廃帝……淳仁《じゅんにん》天皇とか、早良《さわら》親王とかね」

どちらもわからない。家庭教師に歴史はひととおり習ったが、覚えていない。だが、天皇に親王だから、貴人だというのはわかる。

「島流しにされても、貴人ですからね、ほっておくわけにはいかない。世話をする者がいる。それで、花菱の一族の女がそれをやっていた。淳仁天皇は島で崩じて、早良親王は島に着く前に薨《こう》じましたが、そうした魂は荒れるわけです。とくに早良親王はすさまじい怨霊と化した。それを慰める役目もまた、花菱一族の女が務めました。巫女《みこ》として」

「巫女……」

「こういうのはなんでも、規定があるんですね。『延喜式』とかに、ちゃんと。『御巫《みかんのこ》』といいました。『御《おん》』に巫女の『巫』と書いて、ミカンノコ。御神の子という意味です。それで代々、花菱の女は淡路島にまつわる怨霊を御巫として鎮めていたわけです。ところが――」

孝冬は香炉を指さした。

「あるとき、それが逆転した」

「逆転？」

「鎮めるはずの者が、怨霊になってしまった」

鈴子は目をしばたたいた。

「どうして？」

まるで小さな子供のように素朴な声が出て、孝冬がふと目を細めた。鈴子は目をそらす。

「どうしてなのか、はっきりとはわかっていないんです。年に一度、御巫は朝廷に出向いていましたが、その途上で殺されたといいます。献上するための香木を携えていたので、海賊に襲われたとか、朝廷の者に裏切られたとか、諸説あります。ともかく御巫は殺されて、その血が香木に染み込んだ。帝《みかど》が御巫の死をお嘆きになって、三位の位を授けられましたが、その御巫は怨霊となって、香木に取り憑いた――という話です」

鈴子は香炉を眺める。「つまり、花菱家のかたなのでございますね、その怨霊は」

「そうなりますね。この言い伝えからは花菱一族が独自の交易網を持っていたことがうかがえるので、ずいぶんきな臭さを感じますが」

「え？」

首を傾げる鈴子に、

「この香木って、沈香《じんこう》というものなんですが、国内では産出されないものなので。それを年に一度の頻度で献上できるってことは、たまに漂着するのを待っていては無理ですから、交易で入手していたんでしょう」

「はあ……」

孝冬は苦笑する。

「沈香は、とても貴重で高価なんですよ」

鈴子はますますわからない。「木でございましょう？」

「木ですよ」

「それが、高いのでございますか」

「高いんです」

「ふうん……」

貴人の尊ぶものというのは、よくわからないな、と思った。

「食べられもしないのに……」と思わずつぶやくと、孝冬はひと呼吸おいて、声をあげて笑った。

「はは。そうですね」

思いがけず、朗らかな笑顔だったので、すこし驚く。鈴子は咳払いをして、

「それで、その花菱家の女の怨霊が、先日見た上臈だということでございますか」

「そうそう。そうです」

「あの上臈は、幽霊を食べてしまったように見えたのですが」

「それなんですよ、話の肝は」

「はあ」

「彼女は、幽霊を食います。怨霊が幽霊を食うんだから、共食いなんですかね。違うのかな。まあともかく、食うんです」

「だから、どうして……」

「わかりません」あっけらかんと孝冬は言ってのける。「わからないけど、そうなっているんです。それで、私たち花菱一族の末裔は、彼女を養わないといけない」

「養う――」つまり、と鈴子は理解した。「つまり、幽霊を与える？」

――それが、先日見たあの光景？

「そのとおり」

孝冬は妙にうれしそうにうなずいた。「理解が早くて助かります」

理解できるのは、鈴子に一部始終が見えていたからである。

「花菱一族の者は彼女のために、幽霊をさがして与えねばならないわけです。そうしないとこちらが祟られるから」

「祟られる……おなじ一族なのに？」

「おなじ一族だから、ですかね。役目を果たせとせっつくんでしょう。果たさないと──」

「どうなるのでございますか」

「死にます」

孝冬はつと顔を横に向け、さびしげな笑みを一瞬見せた。「死にましたよ、皆。祖父、両親、兄」

「……」

鈴子は眉をひそめ、レースの手袋をした両手を握り合わせた。

「祖父たちは、まあ、ちゃんと彼女を養っていたときもあったんですが、御家騒動みたいなことがありましてね。それどころじゃなくなった。そうしたら、死んでゆきましたね。どこまでが祟りなのか知りませんが。祟りってそんなものですからね」

孝冬は冷ややかな薄笑いを浮かべている。

「怨霊ですから、祓おうとする動きもかつてはありました。ですが、それは頓挫した。祓えなかったわけです。──まあいろいろと申し上げましたが、いまご理解いただきたいのは、あなたは私との結婚を受け入れるしかないということです」

「どうして」

きつい口調で訊き返しても、孝冬はまるでこたえたふうがなく笑みを浮かべていた。

「あなたは彼女に選ばれたからですよ。選ばれてしまったからには、どのみち、逃れられません」

「え？」

「においがするんでしょう。香を薫いてもいないのに。彼女はあなたを気に入ってしまった。花菱当主の嫁は、彼女が選ぶんです。彼女が気に入る者でないといけない。たぶん、あなたが見える者だからでしょうね。これもさだめと思って、あきらめてください」

「は……、え？　いえ、どういう——」

——彼女に選ばれた。花菱当主の嫁に。

鈴子の理解が追いつかなくなってきた。孝冬の浮かべた薄笑いが不気味で、鈴子はあとずさる。孝冬がすかさず鈴子の左手をとった。

「瀧川家にとって、悪い縁組みではないはずですよ。あなたのお父上は金蔓《かねづる》が増えてお喜びになるでしょう。跡取りの兄上は、お父上と反対にずいぶん物堅いかたですね。外務省にお勤めだとか。前にお会いしたことがあるんですよ。いや、けっこう気が合いましてね。宮内省にお勤めの御次男とはまだ面識がありませんが、お話は聞いてますよ。兄上がたは堅実で安心ですね」

この調子では、瀧川家について隅から隅まで調べ上げているに違いない。鈴子は孝冬の手を振り払い、その顔をにらんだ。

「あなたのその目に見つめられると、すべて見透かされそうで怖いな」

すこしも怖いと思っていない顔で孝冬は言う。むしろつづく言葉に鈴子のほうがぞっとした。

「『浅草の千里眼少女』……という名称は、なるほどあなたによく似合う」

考えるより先に、体が動いていた。鈴子はくるりと背を向けて駆けだし、扉に飛びついた。把手《とって》をつかんだところで、その手を上から押さえられる。

「怖がらなくていいですよ」

ものやわらかな、やさしい声音がかえって怖い。

「なにもあなたの正体を世間に公表しようというんじゃない。当時、世間を騒がせた千里眼少女が華族令嬢に収まっているなんて知れたら、とても面倒なことになるでしょうから。ねえ?」

「……どうやって調べたの」

「新聞記者に昔なじみがいましてね。でも、半分はあてずっぽう、かまをかけただけですよ。六年前に忽然と姿を消した千里眼少女と、幽霊が見えるあなたをつなげてみたわけです。あなたにそういう力があると知らなければ、結びつける者はいませんよ。写真も残ってませんし」

侯爵家に引き取られる前、鈴子の生業《なりわい》は『千里眼』だった。千里眼というのは、千里先まで見通す力のことで、具体的には遠くで起こっている出来事を当てたり、隠されたものを透視したり、念力によって写真乾板にものを写す――念写ができるとか、そういった不思議な能力をいう。明治の終わりごろ、そうした能力を持つという女性が現れ、大きな話題となった。世間を沸かせ、学者識者を巻き込んだ騒動は、千里眼の女性ふたりの死という後味の悪い結末を迎え、消えていった。

鈴子の場合は、透視だの念写だのをしていたわけではない。相手の過去を当てたり、さがしものを見つけたりするだけだ。それでもけっこうな評判になった。鈴子が年端もいかない子供だったからだろう。どうしてそんな真似ができたかといったら、幽霊が教えてくれたからだ。もっとも、相手の言動や身なりから推測するなど、詐欺じみた手法も用いた。

「その昔なじみの記者が、六年も前に消えた千里眼少女を覚えていたのは、同時期に起こった事件が記憶に残っていたからです。浅草の貧民窟で、未解決の惨殺事件がありましたね。貧民が三人ばかり殺された。彼らは千里眼少女で稼いでいたひとたちだった。そしてその日から、千里眼少女は消えた。

孝冬の唇には笑みが浮かんでいるが、瞳はずっと笑っていない。

「あなたは、もし千里眼少女とばれたら、騒ぎになって面倒になる、なんてこと以上の面倒をかかえているんじゃありませんか。それがなんなのか、私にはわかりませんが」

鈴子は唇を噛んだ。

「ひょっとして、あなたが怪談蒐集をする理由も、そのあたりにありますか。――もちろん、言いたくなければこれ以上詮索はしません」

孝冬は力の萎えた鈴子の手を把手から外して、放した。やさしげにほほえむ。

「さて。いま一度、お尋ねしましょう。私と結婚しませんか？」

彼はやさしい菩薩《ぼさつ》の面をつけた修羅《しゅら》である――と、鈴子は思った。

花菱邸を訪れたのち、鈴子は鬱々とした日を過ごしている。瀧川邸内はにわかに忙《せわ》しなくなり、呉服店だの宝飾店だの、出入りの商人が恵比寿顔でやってくる。婚礼衣装や嫁入り道具を誂えるためである。

鈴子は孝冬のもとへ嫁ぐことになった。

あんなことを言われては、それ以外の選択肢はない。あれは真綿《まわた》でくるんだ脅しであった。

華族の結婚には宮内大臣の許可がいるため、宮内省にうかがいをたてねばならないが、両家とも華族だから、許可されないということはまずないだろう。

まわりの騒々しさをどこか他人事《ひとごと》のように眺めて、鈴子の顔はどんよりと曇っている。

「嫁入り前は憂鬱になるものよ」

と、したり顔で異母姉のひとり、雪子《ゆきこ》が言う。

「わたしたちが選んであげるから、鈴ちゃんは休んでらっしゃい」

と、反物を畳の上に広げて、もうひとりの異母姉、朝子《あさこ》は嬉々としている。ふたりは双子だった。顔はそっくりだが、見分けがまったくつかないほどではない。

「こういうのはねえ、自分のより、ひとのを選ぶほうが楽しいのよ」

「そうね、無責任に選べるものね」

好き勝手言っている。ふたりの異母姉は、鈴子の結婚が決まったのを知るや、以前にも増して頻繁に訪ねてくる。鈴子は婚礼衣装にしろ嫁入り道具にしろ、なにをどう選べばいいのかわからないので、助かっているが。

「お式は、帝国ホテル？」

「華族会館でお披露目の茶会と晩餐会よ。お式はべつのところでするのですって、ほら、神社のお家だから」

「あら、まさか淡路島の神社でするの？」

「どうなの？」

訊かれて、「知りません」と鈴子は答える。実際、知らなかった。

当世の結婚式は、自宅で行っていた祝言から、神前結婚式へと移り変わっている。神前結婚式のはじまりは、今上天皇の皇太子時代に執り行われた結婚式である。その影響で同年、日比谷大神宮でも神前結婚の形式を作った。それから、簡略化された神前結婚式が民間にも普及してゆくのである。

華族の場合、式に加えて親交のある人々にお披露目しなくてはならない。人数が多いので、茶会と食事会にわけて行われる。それを考えただけで、鈴子はげんなりした。

「打掛は刺繡に凝りましょうよ。金銀で根引きの若松の刺繡がいいわ。裏地は絶対に赤。品のいい朱色。こういうのは、うんと古風にするのが素敵よ。髪は島田を結うんでしょう、質のいい鼈甲《べっこう》の簪《かんざし》を作らなくてはね」

「亀甲と鶴を使ったほうが、おめでたくっていいでしょうね。松竹梅に宝尽くし、この辺は袱紗《ふくさ》にでもしようかしら。袷《あわせ》も単衣《ひとえ》もたくさん誂えて持っていかなくてはね」

この異母姉たちは十ほども年上だからか、引き取られた当初から鈴子はていのいい着せ替え人形のようにかわいがられた。『かわいい妹が欲しかったのよ』とふたりそろってうれしげに言っていた。『かわいげのない弟しかいないんだもの』とも。

「あまりはりきらないでくださいよ、姉さんがた」

その『かわいげのない弟』ふたりが、鈴子たちのいる座敷にやってくる。釘を刺した生真面目な顔をした青年が跡取りの嘉忠《よしただ》で、不機嫌そうな顔をしているのが次男の嘉見《よしみ》である。今日は公休日の日曜なので、官庁勤めのふたりも屋敷に滞在していた。

「豪勢な嫁入り道具にしすぎて、変な評判になっても困りますからね」

「嘉忠さんは、つまらないことを言うわねえ、あいかわらず」

「跡取りは気苦労が多いのよ、かわいそう」

嘉忠はため息をついている。こういう扱いは慣れっこなのである。

「俺は反対だな」

と言ったのは、嘉見だった。嘉忠も嘉見も美青年だが、嘉忠は父親似で、嘉見は母親の千津に似ている。顔だけで、ふたりとも性格はそれぞれにまったく似ていない。

「あら、嘉見さんは豪勢なのがお好み？」

雪子に言われ、嘉見は「そっちの話じゃない」と顔をしかめた。

「花菱家との結婚だよ。あの家はおかしいだろ」

「うちに言われたくないでしょうけどねえ」

雪子が言い、朝子も笑った。嘉見は「混ぜっ返すなよ」と苛立っている。なんとなく、鈴子はきょうだいのなかで嘉見が最も自分と性質が近い気がしていた。

「あの家は三代つづけてばたばた死んで、養子に出てた次男が呼び戻されて爵位を継いだんだぞ。おまけに母親まで死んでる」

「うちだって、嘉忠さんと鈴ちゃんのお母様は若いうちにお亡くなりになっているじゃないの。こないだの流感でも、ずいぶんひとが亡くなったでしょ。ひとは思ったよりもあっけなく死んじゃうものよ」

朝子が案外、冷静に言って返した。「そうねえ」と雪子がしんみりと同意する。「主人の会社でも、亡くなってしまった社員が何人もいたのよ。働き盛りでねえ」

「だから、そういう話じゃなくてさ……」嘉見は頭をかく。「俺はあの男爵が気に入らない。うさんくさい」

やはり、嘉見は鈴子と感性が近いようだ。

雪子が軽やかな笑い声をあげた。

「嘉見さん、あなた、それは妹をとられるから気にくわないのよ。わたしや朝ちゃんが嫁ぐときだってあなた、おなじようなことを言っていたわ」

「いや、姉さんたちのときとは違って――」

「おまえは商売人が苦手なんだろう」と、嘉忠が言う。嘉忠は姉ふたりにはてんで弱いが、嘉見や鈴子には割合強気な物言いをする。

「花菱男爵は養子に出されて商家で育っただけあって、世故に長けていて如才ない。だが、上面だけ調子のいいひとではないぞ。思慮深いひとだ。俺は面識があるから、彼の人柄は保証する」

――嘉忠お兄様はひとがいいのよね……。

と、鈴子は嘉忠の生真面目な顔を見やった。嘉忠は何不自由なく育った負い目でもあるのか、他人の苦労話や悲劇を聞くと同情して贔屓目になるところがある。このさき詐欺にでもひっかからないか心配だ。早いところ、しっかり者の嫁をもらったほうがいい、と思っているのは鈴子だけではない。

「鈴子には、家柄ばかりよくて世間を知らない者より、ああいう懐の深いひとのほうがいいだろう」

――脅されてなかば無理矢理、結婚を承諾させられたのだけど。

あれを懐が深いと言うのか。世間擦れしているのは間違いないだろうが。

「なんだ、浮かない顔だな。気が進まないのか？」

「……わたしのことより、お兄様がたはご自分の結婚をお考えになったら？」

途端に、嘉忠は挙動不審になった。視線が泳いでいる。「お……俺は、まだいいんだ。結婚は三十か四十くらいでいい」

「いやあね、お相手のお気持ちを考えてさしあげてよ、嘉忠さんったら。瀧川家の跡取りならお相手はうら若い乙女でしょ、それが三十や四十のおじさんと結婚することになるのよ」

「う……」

朝子の言葉に、嘉忠は返答につまる。嘉見は「結婚なんて面倒くさい」とそっぽを向く。ふたりとも、節操のない父親の姿を見ているので、女性関係には消極的である。

「嘉忠さん、この夏は軽井沢のほうへいらっしゃいよ。主人の御学友の妹さんを紹介してさしあげるわ」

「結構です」

「嘉見さんは鼻がききそうだからいいけれど、嘉忠さんは心配なのよね、悪い女に騙されそうで」

わかる、と嘉見も鈴子もうなずいた。

「そんなことは――俺の話はいいんですよ。鈴子の嫁入り支度の相談をしていたんでしょう」

「あら、そうよ。どうしてこんな話になったのかしら」

嘉忠は座卓に置いてあった図案帳や商品目録を何冊もばさばさと開く。「これは？　指輪？　こんなものまで必要なんですか」

「ああ、それはわたしのよ」と朝子が嘉忠の手から図案帳をとる。「夏用に買おうと思って」

「ずいぶん景気がいいんですね」

「おかげさまで」と朝子は笑う。図案帳には涼しげな翡翠《ひすい》や水晶の指輪の図案が並んでいる。いずれも日本画のように繊細で美しい。

「帯留めと合わせて、翡翠の指輪にしようかしらね。帯留めは、翡翠やピーシー（ピンクトルマリンのこと）があいかわらず人気のようだけれど……あまり流行りのものもねえ。といってダイヤは、夏には暑苦しいし。あんまり好きではないのよね、ギラギラして」

「ダイヤの指輪は戦争の景気のいい時分に、ずいぶん売れたというわ。だから朝ちゃん、欲しくなくなっちゃったんでしょう」

あまのじゃくだもの、と雪子が笑う。朝子は肩をすくめた。

「まあね。でも誕生石だから、ひとつ持っておこうかとも思うのだけど」

「誕生石？」と宝飾品に疎い嘉忠が首を傾げる。

「生まれ月によって宝石が決まってるのよ。三越がはじめたものでしょ？」

「もとは、アメリカなのではなくて？　それを三越が取り入れて、お商売にしたのよ」

『十二ヶ月指輪』という名前で誕生石を用いた指輪が登場したのが、大正二年のことである。販売元は三越呉服店。あれやこれやと商法を考えるものである。

「合成宝石の誕生石もあるのですって。知ってる？」

雪子が言い、「ホープ誕生石というのよ」と朝子が即座に答えた。こと装飾品の話題に関して、この家で朝子以上の情報通はいない。いかにも千津の娘らしい。

「合成宝石は、輸入品の安物でしょう？　華族がつけるものじゃない」

それくらいは知っている、という顔で嘉忠が言った。朝子が笑う。

「安物だからだめってことはないのよ、嘉忠さん。自分が身につけるのだから、自分が気に入っていればいいのよ」

「合成宝石は流行品よ、人気なのよ、嘉忠さん」と雪子が言う。「嘉忠さんは宝石の見分けなんてつかないのだから、うかつに人前でそんなこと言ってはだめよ。目の前のご婦人がつけている指輪がそれかもしれないのですからね」

「言いませんよ……」

うっかり宝飾品について口を出してしまったせいで、姉ふたりから口撃を受けて、嘉忠は疲れた顔をしている。嘉忠がこの話題に嘴《くちばし》を容れることは金輪際ないだろう。嘉見はそのあたり心得たもので、絶対にこういうとき口を挟みはしない。

合成宝石の話を聞きながら、鈴子はまた、室辻子爵家のあの幽霊を思い出していた。

「最近……芸妓が殺されるような事件って、あったかしら」

内心でつぶやいたつもりが、声に出ていた。

「えっ、いやだわ、なあに？　芸妓が殺された事件？」

雪子も朝子も、眉をひそめる。

「半月くらい前に、あったんじゃないか」

と答えたのは、嘉見だ。つまらなそうに商品目録をぱらぱらとめくっている。

「赤坂の芸妓だろ。新聞に載ってた。強盗だったか、痴情のもつれだったか忘れたけど」

「じゃあ、犯人は捕まってるの？」

「知るかよ。捕まってるんじゃないのか？」

「……赤坂で殺されていたの？」

「だから、細かいことなんか知らないって。新聞を見ろよ」

「だって、『半月くらい前』だけじゃ、幅があって困るわ」

「うるさいな。あれだよ、たしか、みんなで花見に行ってさ、その翌日の朝刊で読んだ覚えがある」

「じゃあ――」鈴子は記憶をたどる。皆で花見に行ったのは、何日だったか。思い出す前に、朝子が言った。

「お花見は四月十日の土曜日よ。大安吉日の桜満開で、あったかくって、お花見日和ねえ、って話したもの。鈴ちゃんに桜の着物を着せて、鱗文様の帯を合わせて、かわいい娘道成寺ねえなんて言ってね。それから、嘉忠さんが御酒を過ごして酔ってしまって」

「よけいなことまで覚えてなくていいですよ、朝子姉さん」

嘉忠が渋面になっている。

では、新聞に記事が載ったのは翌日の十一日。まだとってあるだろうか。

「古新聞はいろいろ使い道があるから、とってあるでしょう。おふくに訊いてごらんなさい」

雪子が言う。おふくは、女中頭だ。

「訊いてきます」と腰をあげた鈴子に、姉と兄たちは顔を見合わせた。

「また妙なことに興味を持ってるんじゃないだろうな」

嘉見が言い、

「記事を読むくらいならいいけれど、怖いことはおやめなさいな」

「そうよ、怪談だの殺人だの、物騒よ」

朝子も雪子も口々に言う。このふたりの姉は鈴子に理解があるが、怪談蒐集の趣味については眉をひそめる。心配しているのである。

「よし、俺がおふくから新聞をもらってきてやろう」

嘉忠が立ちあがる。「それで終いだ。殺人のあった家に行きたいとか言い出すんじゃないぞ」

「……そんなことは言いませんけど……」

口ごもると、嘉忠は「約束だぞ」と兄らしく言い聞かせるように言って、座敷を出ていった。

嘉見の記憶どおり、その記事は十一日の朝刊に載っていた。赤坂の芸妓・小萬《こまん》が自宅で喉を鋭利な物で掻き切られて、血まみれで事切れていたというものだ。凶器がなく、室内が荒れて物色した様子があることから、強盗ではないかと書かれている。

「こんな記事、読むものじゃない」と嘉忠は眉をよせて新聞をとりあげる。こういう殺人事件ともなると、記事の書きぶりは扇情《せんじょう》的で、より血なまぐさく、大仰に、読者の気を

惹くように書いてあるものだ。この記事も『血の海』という字が大きな見出しになってい
る。

「犯人、捕まっていないのじゃないかしら。だって、そうならきっと嘉見お兄様も覚えて
いるわ」

これだけ衝撃的な記事なら、犯人が捕まれば大きく扱われたはずだ。

嘉忠がため息をつく。

「捕まっていようといまいと、おまえには関係のないことだろう。忘れなさい」

鈴子は嘉忠の顔をじっと見あげた。

「お兄様は、下々の者が無残に殺されようと、知ったことではないとおっしゃるの？」

「そ……そんなことは、言ってないだろう」

「関係ないとおっしゃったじゃないの。芸妓のひとりやふたり、殺されようと犯人が捕ま
ろうと捕まるまいと、どうでもいいのね」

「そういうわけでは……」

「亡くなった芸妓がお気の毒とはお思いにならないの？　かわいそうだわ、こんな酷い殺
されかた」

「そりゃあ、気の毒ではあるさ。かわいそうだ」

「じゃあ、犯人が捕まったかどうかくらい、気になるものじゃありませんか。それが人情ってものでしょう」

「うん……まあ、そうだな」

「お兄様は、警察にお知り合いもいらっしゃるでしょ。訊いてみてくださらない？」

「ええ？　俺が？」

鈴子は兄の顔を見つめたあと、目を伏せた。かなしげに。

「わ……わかったよ。警視庁に大学の同窓生がいるから、訊いてみる」

嘉忠は電話をかけるために去っていった。

――ほんとうに、あの兄は悪い女に騙されやすそうで、心配である。


犯人は捕まっていなかった。

事件があったのは赤坂区溜池町の小さな芸妓屋で、おかみと抱えの芸妓が四人ばかり暮らしている所帯だった。ある夕べ、抱えの芸妓のひとり、小萬こと山居《やまい》かね二十歳が喉から血を流して死んでいるのを、帰宅したおかみたちが発見した。この日は皆で桜を見に行こうという話になったものの、かねだけが気分がすぐれぬというので、ひとり残して出かけたという。

「かねというのは、どうにも気の毒な子だな。会津の山間の村出身なんだが、さきの流感でその村のひとたちは全員亡くなったそうだ。一村全滅だよ。当然、彼女の家族もな。山間の村は孤立するから、そういうことがあったんだな」

嘉忠が心底同情する口ぶりで語った。

「それ以来、気落ちしているかねを励ますつもりもあって、花見に連れ出そうとしたんだそうだ。おかみはかねをひとり残して留守にしたことを、ひどく悔やんでいたそうだよ」

「新聞では、強盗じゃないかって書いてあったけれど……それは？」

「どうだろう。向こうも、いくら友人でも捜査途中のことを話してくれるわけはないからな」

鈴子はうなずいた。では、顔見知りだとか、深い仲の相手だとか、そういった線もあるのだろう。

「犯人が早く捕まるといいな。せめてそうでないと、やりきれない。かねの魂も浮かばれないだろう」

嘉忠は深いため息をついた。彼はこういう話が、とても苦手なのだ。

――喉を掻き切られた芸妓……。

鈴子の脳裏には、室辻子爵邸で見た、喉から血を流した女の幽霊が浮かんでいる。子爵夫人は、半月ほど前から三味線の音が聞こえるようになったと言っていた。事件が起こったのも、半月ほど前。かねが、あの幽霊だったのだろうか。

鈴子は嘉忠に礼を言って、部屋に引き揚げる。しばらく考え込んでいた鈴子は、レースの手袋とパラソルを手に立ちあがり、「タカを呼んできてちょうだい」と女中に告げた。

「どちらにお出かけになるおつもりです？」

やってきたタカが不審そうに訊く。

「散歩をしたいだけよ」

「お散歩だけでございますか」

「途中でお菓子を買いたいから、鶴見《つるみ》さんにお金をいくらかもらってくれる？」

鶴見は瀧川家の家令である。もう六十を過ぎているが、先代侯爵のころから『表』をきっちり取り仕切っている有能な家令だった。買いたいものがあるときは、その都度こうして用途を告げるとともに幾許《いくばく》かの金銭をもらうのである。

「お菓子でしたら、出入りの菓子屋に頼めばよろしゅうございます」

「散歩途中で買いたいの。そういう気分なの」

「花印《はなじるし》様」

タカがゆっくりと、一言ごと区切るように鈴子を呼んだ。『花印』は鈴子のことである。

華族で使われるお印というもので、名前を直接呼んだり記したりするのが憚《はばか》られるからと、松だの梅だのといった言葉を使うのだ。鈴子の持ち物には『花印』あるいは『花』と書かれる。雪子が梅、朝子が桃、嘉忠が松、嘉見が竹である。

タカがことさらこの名で呼ぶときは、『華族のご令嬢である自覚を持て』と言いたいときだった。

「言いたいことはわかっているわ。大丈夫よ」

鈴子はそう言ったが、タカは疑わしそうな目をしていた。

赤坂の溜池町は、どうしてそんな名かといえば、かつては溜池があったからだ。なんのひねりもない町名だが、かえって昔の記憶をとどめることになっている。

江戸時代初期に造られた池で、細長く伸びた、それは大きな池だったそうだ。というのも、江戸城外濠の一部でもあったからで、同時に飲み水にも用いられていたという。飲み水に使われるくらいなのだから、水質はよい。琵琶湖や淀川から運んできた鯉や鮒が泳ぎ、蓮の花が咲き、蛍が飛び交う。行楽で賑わう名所のひとつとなり、そうなれば当然、周囲には行楽客相手の茶店などが出来てゆく。そうして溜池沿いに形成されたのが、赤坂田町の花街である。

明治になって溜池は埋め立てられて、市電の走る電車通りに、あるいは町になった。その町が溜池町である。おなじ赤坂区内にある瀧川邸は、そこからわりあい近い。赤坂には軍の施設が広い敷地を占めており、瀧川邸はほかの華族の邸宅に交じって、その間に建っている。

鈴子はタカを伴い、赤坂にある瀧川家御用達の菓子屋で煉り羊羹を買い、溜池町のほうへと歩いた。田町からこのあたりにかけては、料理屋や茶店が並ぶ。官庁が近いので、赤坂の花街は高官や軍人の客が多い。彼らが客となって集うのは夜である。昼日中のいまは、独特の節回しで呼び声をあげながら行く苗売りに稗蒔《ひえまき》売り、鉄砲笊を背負った屑屋、岡持をさげて走る料理屋の小僧、三味線の稽古に向かうらしい眠たげな顔をした芸妓、そんな人々が通りを行き交っている。市電が風を切って走ってゆき、自動車がそのうしろを横切る。いろんなざわめきの上に、裏長屋の子供たちの遊び声が健やかに重なっていた。

まだ五月がはじまったばかりだというのに、今日は暑いくらいの陽気で、パラソルをさしていても日差しの強さを感じる。首筋に汗がにじんだ。地面には土埃を防ぐための水が撒水夫によって撒かれており、陽炎が揺らいでいる。新緑のにおいがした。

散歩なので、鈴子はよそゆきではなく普段着の銘仙を着ていた。銘仙のつるりとした生地の上を、陽光がすべり落ちる。水浅葱《みずあさぎ》の地に大柄な白の矢絣《やがすり》というのも、目に涼しい。

朝、今日は暑くなりそうだなとこれを選んだが、正解だった。

うしろからやってきた自動車が、ふいに速度を落とし、ゆっくりと鈴子のほうに近づいてきた。自動車は戦争時の好景気によってその数を増やしたが、それにともない自動車事故というのも増えていた。鈴子は、自動車が近くを通るときは、怖いので道の端に寄るようにしている。いまもそうだったが、車のほうが寄ってきたので、ぎょっとした。車はそばで停車する。後部座席の開いた窓から、「鈴子さん」と声がかかった。

孝冬だった。「驚かせてしまいましたか。すみません。お姿が見えたもので、つい」

鈴子は車から一歩離れる。

「なにか御用でございますか」

「いえね、せっかくお会いしたのですから」

中折れ帽をかぶりながら、孝冬は車を降りる。「屋敷に戻ってくれ」と運転手に告げていた。渋い銀鼠のスーツを着ているが、暑いからか、上着は脱いで小脇に抱えている。白いシャツの袖口には黒いオニキスのカフスボタン、紺色のネクタイを飾るピンは真珠で、懐中時計の金鎖がベストのボタンホールからポケットまで伸びている。いずれも地味ながら趣味がよい品で、彼によく似合っていた。

「今日は暑いですね。どちらまで？」

「散歩でございます」

「では、私もご一緒しましょう」

「なにかお話が？」

「ありますが、まあそれはつぎの機会にでも。これからいくらでも機会はありますから」

「……」鈴子は黙り込み、さきへと歩を進める。

「散歩はよくなさるんですか。健康のためにはいいでしょうね。町の様子もよくわかりますし。私は横浜で育ったので、東京はどこへ行くのも物珍しくて楽しいですね」

「……」

「浅草の十二階はね、養い親につれて行ってもらったことがありましたね。ひょうたん池の藤がもうすぐ見頃でしょう。見に行きましょうか。いかがです？」

「鈴子さん？」

「お話はつぎの機会になさるんでしょう」

切って捨てるように言うと、孝冬は愉快そうに笑った。鈴子の返答をわかっていて、わざと話しかけてきたような気がして、いやになった。

——いやなひとだ。

どう考えても、ねじ曲がった性格をしていそうだと思う。嘉忠とはまるで違うし、嘉見とも毛色が違う。千里眼の商いをしていたころ、いろんな大人を見てきたが、そのいずれにも似ていない。

「浅草には参りません」

きっぱり鈴子は言った。瀧川家に引き取られてから、浅草に足を向けたことは一度もない。向かおうとしても、足が震えてどうしても行けなかった。

孝冬は微笑を浮かべたまま、軽くうなずいた。

「では藤はやめて、麻布の笑《しょう》花《か》園《えん》に牡丹でも見に行きましょう。それとも薔薇のほうがいいですか？　薔薇なら向島の長《ちょう》春《しゅん》園《えん》でしょうね」

鈴子はもうすっかり孝冬を無視して歩いた。通りから横道に入る。軒先にのれんを出した団子屋や、料理屋などの店が並び、向かいには、近くの屋敷の使用人たちが住む長屋がある。団子の焼ける香ばしいにおいが漂っており、行商人や車夫が店先の縁台に腰をおろして団子を頬張り、憩うていた。

背後から孝冬が、前方を指さした。

「あなたの目指している芸妓屋は、そこの角を曲がった路地にありますよ」

鈴子はため息をついて、孝冬を見あげる。「あなたはなんでもご存じなの？」

「当てずっぽうがよく当たるんです」

「易者に向いてらっしゃるわ」

孝冬はおかしそうに笑う。「あなたのお墨付きなら、間違いなさそうだ」

「お嬢様」

鈴子の背後で、タカが押し殺した声で呼ぶ。「どういうことです」

「ちょっと訊きたいことがあるのよ」

「芸妓屋で？　とんでもない、いけませんよ。帰りましょう」

「花菱男爵もおいでなのよ、いいでしょう」

「いけません」

押し問答しながらも、鈴子は歩みをとめない。角を曲がったところで、孝冬が声をあげた。

「ああ、ほら、誰か出てきましたよ」

路地にはこぢんまりとした一軒家が建ち並んでいる。店としもたやが交ざっているようで、質屋や鍛冶屋の看板があがっていた。路地にひと気はなく、鍛冶屋からカンカンという金属音が響くばかりのなか、孝冬の言うとおり、手前のしもたやから十七、八歳ほどの娘が出てくるところだった。玄関戸の脇の軒下に、朝顔の苗売りから買ったのだろう、朝顔の鉢が並べて置いてあり、風情を添えている。この娘も芸妓なのだろうか、髪を潰し島田に結い上げて、小綺麗にしているが、どこか垢抜けない雰囲気がある。おつかいにでも出かけるのか、風呂敷包みを抱えてこちらに歩いてくる彼女を、鈴子は呼びとめた。

「おそれいりますが、あなた——小萬さんの家のかた？」

娘はおびえたように肩をすくめ、鈴子を見た。「どちらさまですか」

「驚かせてごめんなさい。わたしは瀧川鈴子と申します。赤坂の瀧川家の娘です」

そう名乗ると、娘は目を丸くした。

「赤坂の瀧川さんって、侯爵の……？　あの、大きなお屋敷の」

「侯爵はわたしの父です。みなさまには、いつもお世話になっております」

鈴子の言葉に、娘はちょっと笑った。かわいらしい、愛嬌のある笑顔だ。

「あたしは侯爵様のお座敷に呼ばれたことはないんです。でも、お噂だけは」

それで気がほぐれたようで、娘は小辰《こたつ》と名乗り、芸妓屋に住み込む抱えの芸妓のひとりなのだと言った。鈴子ははじめて父が役に立ったと思った。

「でも、侯爵様のお嬢様が、どうして……？」

「鈴子と呼んでくだされば結構です。わたし、小萬さんとはすこしばかり面識があったんです。お亡くなりになったと最近知って、遅くなりましたが、せめてお線香でもあげられたらと……こちら、御霊前にお供えしていただけますか」

鈴子は背後のタカをふり返り、目配せする。来る途中で購入した羊羹は、タカが持っていた。タカはちらりと鈴子を咎めるような視線を寄越したものの、羊羹の包みを小辰に渡した。帰ったらきっと説教されるだろう。

「わあ、『紺野《こんの》』の羊羹！」

煉り羊羹は、高級品である。小辰の目が輝いていた。

「ありがとうございます。どうぞ、あがっていってください」

小辰は家のほうにきびすを返しかけ、鈴子からすこし離れたところにいた孝冬に目をとめる。鈴子は、「あのかたは、花菱男爵です」と一応紹介した。

「存じてます、何度かお目にかかったことが」

「あら」鈴子は近づいてきた孝冬の顔を見あげた。「夜の赤坂にはよくいらっしゃってるんですね」

「取引先との会食やら、役人の接待やらがあるんですよ。仕事です」

孝冬は苦笑いしている。

「花菱さんは、芸妓衆によくお持てになります」お愛想なのか、事実なのかわからないが、小辰が言った。「男ぶりがよくて、おやさしいから」

「『おやさしい』というのは、金払いがいいということだね」と言って孝冬は笑った。

「侯爵様も、お持てになりますすよ」小辰は気を遣って、鈴子にそう言った。いらぬ気遣いである。

「おつかいがあるのでしょう。お邪魔しても大丈夫ですか」

鈴子は小辰の抱えた風呂敷包みを見て言う。

「いいんです、あとでも」と言いながら、小辰は家の玄関に足を向ける。「姐さんたちの着物を悉皆屋《しっかい》に持ってゆくだけなので」

「着物……そういえば、小萬さんは濃紫の地のお召し物を持ってらしたでしょう？　柳の柄の」

小辰は足をとめ、鈴子をふり返った。その顔はこわばっている。

「そうです、小萬ちゃんのいちばんのお気に入りで……。死んだときも着てました」

「ああ、そうなの……」

――やはり、あの幽霊は小萬だったのだ。

「着物も血まみれで……かわいそうでした」

小辰はうなだれる。

「あの日、花見になんて行かなかったら……せめて、あたしだけでも残ってたらよかった」

つぶやきながら戸を開け、鈴子たちを招じ入れる。

「なんのおかまいもできませんけど……。姐さんたちは長唄のお師匠さんのところへお稽古に、おかみさんは新しく借りる家を見に行ってます。通いの女中がいたんですけど、辞めてしまって」

家のなかは、しんと静まりかえっていた。子供たちの遊ぶ声が遠くから聞こえる。

「家移りなさるの？」

「なかなか、住み続ける気には皆なれませんから……。姐さんたちは、そうでなきゃべつの芸妓屋に行くと言ってます。新しい子だって来てくれないでしょう。あたしだって、思い出してしまうし……。血がひどくって、もう。血のにおいがいまでも残ってる気がするくらい。畳は替えましたけど、なんだかかえって、ねえ。あんなの……」

小辰は奥の座敷を指さす。畳が二畳、真新しいものに替わっている。ほかの畳が日焼けして古ぼけているので、ひどく目立った。新しい畳のにおいがするが、古い家のなかでそれだけ奇妙に浮いた香りだった。

鈴子は仏間に設えられた中陰壇《ちゅういんだん》の前で手を合わせた。血まみれの小萬の姿が瞼《まぶた》の裏によみがえる。

――どうして、あなたは室辻子爵のお屋敷にいたの？

あそこで、いったいなにを訴えたかったのだろう。鈴子はそれをずっと考えている。というの幽霊に訊ければよかったが、上﨟に食われてしまった。もう訊けない。

知ったところで小萬の幽霊はもういないが、だからといって、忘れ去ることもできない。

「小萬ちゃんのことで、いっときは記者やら野次馬やらが多くって、困りました。最初は、芸妓のことですから、色恋沙汰の痴情のもつれか、なんて言われましたけど、強盗らしい、というのと郷里のことが記事になってからは――ご存じですか、流感で村が全滅したっていう――それからは、ずいぶん同情してくださって……。回向料にと、新聞社を通じてお金を贈ってくださるかたもいるんですよ」

ぽつりぽつりと、小辰はさびしげに話す。

「小萬ちゃんが東京に出てきて芸妓になったのは、郷里の家族のためです。村にいても稼げないからって。あたしもおなじようなものだから、わかります。つらいことも、そりゃありますけど、家族を養うためだと思えば、耐えられます。でも、それがいっぺんに、家族全員どころか、村全体でしょう。小萬ちゃん、電報で知らせを受けたときはひどい落ち込みようで……。お座敷にも、それから出られなくなってました。半分病気みたいになって、それこそ流感にでもかかったのかと思うくらい弱ってしまって。世間も去年の暮れから一月くらいまで、芸妓を呼んで遊ぶどころじゃなかったでしょう。あたしたちも暇してましたけど、春先からだんだんとお座敷も増えて……でも、小萬ちゃんは、ずっとだめでした。『もう生きる甲斐がない』なんて言って――」

はっと小辰は言葉をとめて、決まり悪そうに目を伏せた。「すみません、こんな話」

「いいえ。小萬さんのことは、室辻子爵も気にかけていらしたでしょう？」

「え？　ええ――よくご存じですね。室辻子爵は気のいいかたで、小萬ちゃんの家族が亡くなったのを、ずいぶん慰めてくださってたんですよ。男女の深い仲じゃありません。それならやっぱり、わかりますから。見るからに気落ちしてかわいそうでしたから、気にかけてくださって。ときどき、ここにもお菓子なんか持ってきてくださったんですよ。……ああ、そうだわ、指輪を」

小辰は思い出すように視線を真新しい畳に向けた。

「指輪を室辻子爵からもらったんでした、小萬ちゃん。そう高いものじゃなかったと思いますけど」

「――エメラダの指輪？」

鈴子が問うと、小辰はすこし首をかしげた。

「そんな名前の宝石だったような気もしますけど……どうだったかしら。合成宝石だとは聞きました」

「淡い黄緑色の宝石？」

「ああ、ええ、そうです。きれいな黄緑色でした」

「それは、いま、こちらにありますか」

「いえ――ないんです。たぶん、強盗に奪われたんじゃないかと」

「そう……」

鈴子は座敷のなかを見まわした。ここに小萬の幽霊がいたら、その声に耳を傾けることができただろうに。

――あのとき、彼女の声に耳を傾けるいとまがなかった。

なにか言いそうであったのに。

――せめてもうすこし、このひとが来るのが遅かったら……。

鈴子は横目に孝冬をにらんだ。孝冬はそれを知ってか知らずか、小辰に話しかける。

「ほかに盗られたものはなんだった？」

「ほかは……わかりません」

「わからない？」

「箪笥《たんす》にあったお金は無事でした。あたしや姐さんたちの持ち物なんかも……ただ、小萬ちゃんの物は、はっきりどれがなくなってるか、その指輪ぐらいしかわからなくて」

「へえ」

孝冬は腕組みをしてなにか考えていたかと思うと、ずいと小辰のほうに顔を近づけた。小辰の目をじっと見ている。

「な――なんですか？」

小辰は身を引く。孝冬は小辰の顔から視線を外し、奥の座敷に目を向けた。小萬の死んだ座敷だ。そちらを見つめ、すっと目を細める。

「酒の席で話したことはなかったかな。俺はさ、幽霊が見えるんだ」

小辰は息を呑み、青ざめる。孝冬の口調には鈴子に対するような慇懃《いんぎん》なところはなく、くだけた気安さがあった。鈴子は孝冬がなにを言い出すのか、ひとまず見守る。

「なるほど、撥がなくなってるんだな」

「えっ」小辰はびくりと震える。

「小萬の三味線の撥だ。そうだろ？」

「あ……」

「それから、死んだ小萬を最初に発見したのは、君だね。おかみさんたちより早く、君が帰ってきた」

小辰の顔色は青を通り越して白くなっている。体は小刻みに震えていた。

「撥をどうしたんだ？」

悲鳴をあげて小辰は顔を覆い、泣きだした。

鈴子は孝冬のシャツの袖を引っ張り、

――どういうこと。

と、目で問う。孝冬は答えず、小辰の震える頭を眺めていた。

「大丈夫だよ、小辰。なにかわけがあるんだろう？」

孝冬は小辰の肩に手を置き、ささやく。身震いするほど、やさしい声音だった。鈴子はぞっとして鳥肌が立ったが、小辰は小さくうなずき、顔をあげた。

「し……死んじゃってたから、小萬ちゃん。ほんとに、死んじゃって……。やっぱり、ひとりにするんじゃなかった。あたし、一緒に残ってたらよかったのに」

小辰はしゃくりあげる。

「ずっと、あんなことになるんじゃないかって、心配で……。たぶん、おかみさんもそれを心配してた。だから、元気づけようって花見に誘って、でも、行かないって言うから、勝手になさい、って……おかみさんが怒ってしまったから、あたし、自分も行かないって言えなくて。でも不安になって、早めに戻ったんです。そしたら……」

　血まみれの小萬が横たわっていた。

「いちばんお気に入りの着物を着て、撥を両手で握りしめて、死んでました」

「――待って」

　鈴子は声をあげた。

「自殺だったの？」

　小辰はうなずいた。

「撥で、首筋を……」

「でも、凶器は見つかってなくて、部屋も荒らされていたって」

「撥は派出所まで知らせに行く途中で、溝に捨てました。泥棒が物色したように部屋を荒らしたのも、あたしです。――あたし、聞いていたんです、小萬ちゃんから。死ぬつもりだってこと」

　小辰は孝冬がさしだしたハンカチで目もとをぬぐい、奥の座敷を見た。

「血まみれの小萬ちゃんを見て、あたし、『おかみさんが怒る』と思いました。芸妓に自殺なんてされたら、おかみさんは大損です。家を汚して、芸妓を自殺させた芸妓屋だと言われるはめになる。ちゃんと葬式を出してくれるかどうかも、わかりません。それに、世間だって自殺者には冷たいでしょう？　芸妓だったら、なおさら。きっと面白おかしく、ひどいこと言われるんだわ」

芸妓は新聞や雑誌でもてはやされる美と華の象徴であると同時に、『醜業婦』などと蔑視される対象でもあった。この両極端な矛盾は、いったいなんなのか。ひとに対して『醜業婦』だなんてひどい名称をつけられる者の感覚に、鈴子は吐き気がする。

「でも、殺されたのだったら……それも強盗に殺されたのだったら、小萬ちゃんも同情してもらえると思って……」

実際、そうなった。回向料まで贈られるほど。

「……小萬ちゃん、指輪を眺めて、言ってたんです。『これを売ったら、あたしの火葬代くらいにはなるかしら』って。『面倒をかけるけれど、できれば骨は郷里に届けてほしい』……もうこれっぽっちも生きるつもりがなくって、死んだあとの始末とか、そんなことばっかり……」

小辰は洟《はな》をすすった。

「その指輪は、いまどこに？」

孝冬が尋ねる。

「わかりません……あたしは隠したり捨てたりしてません。もう売ってしまったあとだったのかも……」

「それらしいお金はあったの？」

「小萬ちゃんの部屋にお金はありましたけど、そのお金かどうかは……小萬ちゃん、仕送りするほかは贅沢することもなくて、いくらか貯めてましたから……あの」

小辰はうつむき、ハンカチを揉みしだいている。

「これ、やっぱり、警察に言わなくっちゃいけないんでしょうね……？」

「そりゃあね」と孝冬は答える。「まあ、言わずともそのうちばれるんじゃないかな。指紋だの、痕跡だの、そういうものでさ。でも、ばれるより、ばれないときのほうが問題だと思うけど」

小辰は小首をかしげる。

「強盗なら、犯人が必要になるだろ？　警察が間違えて、まったく関係のないひとをしょっぴくかもしれない」

「でも、犯人じゃないのだから……」

「強引に自白させて、犯人にしてしまうかもしれないよ。実際そういうことは、これまでにもあったじゃないか。五、六年前だったか、鈴ケ森《すずがもり》のおはる殺しとか、本所柳島《ほんじよやなぎしま》の自転車商の事件とかね。男三郎《おさぶろう》事件も有名だな。どれも結構な騒ぎになったろ。もし間違えて捕まえられたひとが、死刑になってしまったらどうする？」

孝冬の口ぶりはやさしかったが、小辰はみるみる青ざめた。

「あたし、そんな……そんなことまで、考えてませんでした」

「そうだろうね。それなら、ちゃんとほんとうのことを話してあげないと」

「警察のひとに、うんと叱られますよね？　あたし、どうなるのかしら」

「うーん。その辺は俺が決めることじゃないからなあ」

小辰はまた泣きだして、孝冬は困ったように頭をかいた。

「そうだ、瀧川侯爵は警察にも知り合いがいるだろうから」

ね？　と孝冬に急に話をふられて、鈴子は背筋を伸ばした。

「父は知りませんけれど……兄の知り合いが警視庁に」

「それなら、まずあなたの兄上を介して、この子の話を伝えてもらえないかな」

それは兄に訊いてみないと――と思ったが、青い顔で震えている小辰を見て、鈴子はタカのほうに顔を向ける。

「タカ、小辰さんを屋敷につれていって。それで兄に、事情を説明してちょうだい」

タカはしかめっ面を隠さなかったが、「承知いたしました」と言った。

「それで、お嬢様はどうなさるんです？」

「わたしは、これからもうひとつ行くところがあるの」

タカはあきらめたように深々とため息をついた。


「――でも、小辰さんは実際、小萬さんが死ぬところをその目で見たわけではないのだから、殺された疑いは消えないのではないかしら」

タカが小辰をつれて立ち去る後ろ姿を家の前で見送り、鈴子はつぶやいた。

「まあ、それを調べるのは警察の仕事ですからね」

孝冬が言う。「私たちがどうこう言うことじゃありませんよ」

鈴子は孝冬を見あげた。

「撥がなくなってることや、最初の発見者が小辰さんだってこと、どうしてご存じだったんです？」

もし記事に載っていたようなことなら、小辰があんなふうに動揺するわけがない。もちろん、小萬の幽霊から聞けたわけもない。話をする間もなく、上﨟が食ってしまったのだから。

「知り合いの記者に聞いたんですよ」

「記者に……？」

それなら記事になっているのでは、と思う。ほんとうは、警察関係に知り合いがいるのではないだろうか、と鈴子は疑ったが、べつに追及するほどのことでもなかったので、聞き流した。

「鈴子さんはこれから、どちらへ？」

「室辻子爵のお宅へ参ります」

「どうして？」

「あのお宅にいた幽霊が小萬さんだったのは、おわかりでしょう。いまのお話を聞いても、どうして小萬さんが室辻子爵のお宅に出るようになったのか、わかりません」

「エメラダの指輪が鍵かな？」

つぶやくように孝冬は言う。そうでしょう、と鈴子は答える。

――子爵夫人に似つかわしくない、合成宝石の指輪。

「とはいえ、鈴子さん。それを知ったところで、しかたないでしょう。小萬の幽霊はもういないのだし。なにをしたいんです？」

「わたしは……」

鈴子は視線を前方に向ける。電車通りの向こうに、青々と茂る山王《さんのう》のお社の森が見える。細い路地の地面に陽炎が揺らいでいた。鈴子はそこに、幻を見る。幽霊の幻影だ。浅草でともに暮らしていた、鈴子の家族たち——。

「わたしは、逆らいたいのだと思います」

「逆らう？　なにに」

なににだろう。鈴子は言葉をさがす。

「……浅草の十二階は、もう時勢遅れでしょうけれど……」

十二階は、明治二十三年に浅草に建てられた煉瓦の高塔で、当初は凌雲閣《りょううんかく》という立派な名がつけられていた。当時は華々しい文明開化の都の象徴だったのだろうが、大正も九年のいまとなっては時代に取り残された古びた塔に過ぎず、田舎者が東京見物のさいに訪れる場所だとも揶揄されていた。

「それでも、あの塔を忘れるひとはいないでしょう？　だって、そこにあるんですもの。依然として十二階はそびえていて、目につきます。だから時勢遅れと嗤《わら》われようが、ひとのなかから消え去りはしないんです。でも、ひとは死んだら、忘れられます。姿の消えたものは、どうしたって弱いんです。死んだひとを覚えているひとだって、いずれ死にます。だから、せめて、名残《なごり》を追いたい」

「名残？」

「幽霊は、死んだひとの名残です。生きていた名残。それを追って、せめてわたしくらい、名残がとどまって残そうとしたものを、知りたいと思うんです」

ふいに風が吹く。五月の風は新緑の息吹をのせて、陽光のなかを吹き抜けていった。

鈴子は目を細める。幽霊の幻影は消えている。

「忘却への反逆ですね」

と孝冬が言った。

「ずいぶん大仰なことをおっしゃるのですね」

「些末なことでないのはたしかです。死んだ者にとっても、残された者にとっても」

孝冬は遠くを見つめた。

「俺は怖くて追えなかった、兄の名残を」

「え？」

「あなたはすごいな」

鈴子は眉をひそめ、下を向いた。

――そんなことはない。

「では、行きましょうか。子爵邸に」

孝冬は当然のように一緒に行くつもりだ。鈴子も婚約者である彼が一緒であればなにかと動きやすいので、連れ立って子爵邸に赴くことにした。

溜池の停留所を横目に電車通りを渡り、麴町区に入る。周囲には華族や宮家の邸宅に加え、大使館や官庁がある。喧噪は遠く、山王の木々の葉擦れが心地よい。鈴子はパラソルの陰から孝冬の横顔を見あげる。涼しげな顔をした彼がなにを考えているのだか、やはりわからなかった。

——どうして……。

どうして、彼にあんな話をしたのだろう、と鈴子は己を不可解に思う。幽霊について語るなど、浅草を離れてからはじめてのことだった。幽霊について話せるひとに——鈴子の胸のうちを話せるひとに、ひさしぶりに出会った。それが思いがけず、鈴子の口を軽くしている。己で思っている以上に、鈴子は、話したかったのかもしれなかった。

——俺は怖くて追えなかった、兄の名残を。

この言葉は、どういう意味だろう。

鈴子がはじめて、花菱孝冬という人物に興味を抱いたときだった。

室辻子爵家は公家華族である。

公家にもいろいろあって、摂家《せっけ》、清華家《せいがけ》、大臣家《だいじんけ》、それから平堂上家《ひらとうしょうけ》にまずわかれる。さらに平堂上家のうちにも羽林家《うりんけ》、名家《めいか》、半家《はんけ》の別がある。家格というのはほかにも区別の仕方があるそうで、鈴子はそれらを公家の出である千津からときおり聞かされるが、聞くたび頭がこんがらがる。ややこしい。

こちらのほうが家格が高いだの、歴史が古いだのという上流の人々のこだわりは、鈴子には理解の外である。これでは華族制度を作ったおり、爵位の序列をつけるのは、さぞ困難だったろうと推察される。

室辻家は半家であり、公家としての家格はさして高くない。公家華族の多くがそうであるように、さほど裕福でもない。大名華族がおおよそ裕福で、公家華族がそうでないのは、まずもって政府から与えられる金の差である。正確には金禄公債である。金禄公債はもともとの俸禄によるので、大名家などは当然、多額になる。公家は維新前から貧乏だった。加えて、大名家は土地持ちだから、地代収入が得られる。大名華族はそれらの潤沢な資金を銀行に投資したり株を買って配当を得たり、さらにその利益をまた投資に回したりして、財産を増やしていったのである。

室辻家もご多分に漏れず裕福でない公家華族である。先代が株でひと山当てており、立派な洋館だけは建っているが、それの維持がかえってたいへんだろう。当代の子爵は分家から迎えた婿養子で、堅実な勤め人であった。銀行員だそうだ。銀行に勤めている華族は、けっこういる。

　鈴子は、この室辻子爵に会うのは、はじめてである。室辻家の応接間に現れた子爵は、痩身《そうしん》の中年男性だった。よく言えばやさしげで、悪く言えば気弱そうな顔つきをしている。目が小さく、まばたきが多い。

「三月に華族会館でお会いして以来かな、花菱さん」

　そう口を開いた子爵の声音はおっとりとして、いかにも育ちのよさそうな響きがあった。

「婚約されたそうで、おめでとう」

「ありがとうございます。こちらがその婚約者の瀧川鈴子さんです」

　と、孝冬はにこやかに鈴子を紹介した。鈴子は孝冬のかたわらで頭をさげる。

「はじめてお目にかかります、瀧川鈴子でございます。奥様のお加減は、その後いかがでございましょう」

「ああ、では、先日いらした瀧川侯爵のお嬢さんというのが……。ええ、家内はいま、大磯のほうで静養しております。先日倒れて以来、気分がすぐれないというので」

「まあ……」

「病気になったわけではないので、ご心配なく。一、二週間もすれば帰ってくるでしょう。花菱さんも、迷惑をかけたようで、申し訳ない」

「いいえ、それが鈴子さんとの縁にもなりましたので」

「おや、そうだったのかい。——ところで花菱さん、その件は……家内がお祓いを頼んだということは、内密にお願いできるかな」

子爵はしきりにまばたきをくり返す。孝冬は微笑した。

「もちろん。私もおおっぴらにはしたくないので、内密にしてくださるよう、私から皆さんに頼んでいるくらいですよ。ただでさえ商売をしていますから、これ以上、内務省ににらまれては困るので」

——内務省？

と、鈴子は疑問に思う。どうして内務省が出てくるのだろう。華族の監督責任者は宮内大臣であり、したがって華族の行動に目を光らせているのは、宮内省、そのなかでも宗秩《そうちつ》寮《りょう》という組織である。

「神職は、内務省の管轄なんですよ」

孝冬が鈴子の疑問を察知したように、ふり向いて言う。

——ああ。

なるほど、神職の方面の話か。

「華族でもあるので、神職の奉務規則にはそぐわない点もあるのですが——その辺は、のちほどお話ししましょう」

孝冬は子爵のほうに向き直る。

「今日お伺いしたのは、先日のお祓いの件です。奥様からお聞きですか、芸妓の幽霊のことを」

子爵の顔はすでに青ざめている。

「ああ、うん……襲われそうになったと」

「あの芸妓は祓いましたから、もう出ることはないでしょう。ただ、あれはどうも奥様の指輪に執着していたようで」

「ゆ……指輪？」

「エメラダの指輪です。奥様がしていらした。お祓いはしましたが、子爵にもお知らせしておかねばと思いまして。あの指輪は、どこでお買い求めになったものですか？　子爵がお買いになったものでしょう？」

「え……あ……」

子爵はさかんに目をしばたたき、口ごもる。うまくごまかしたり、嘘をついたりできないたちのひとらしい。

孝冬は駄目押しに、

「あの幽霊は、小萬でしたよ」

と言った。

ひっ、と子爵はしゃっくりのような声をあげる。顔がひきつっていた。

「あれは小萬にやった指輪じゃありませんか？　なぜ奥様が持ってらっしゃるんです？」

「い、いや……その……」

「まさか、子爵は小萬の事件にかかわりがあるんじゃないでしょうね」

子爵は必死の形相であわてて首をふった。両手も大きくふる。

「まさか……！　違う、そういうことじゃないよ。ただ、ただ私は、あの指輪を返してもらっただけで……！」

「返してもらった？　どういうことです？」

「いや、それがね……」ふうう、と子爵は細く長い息を吐いた。しおしおとうなだれる。

「彼女に……家内に、ばれてね。指輪を小萬にあげたことを。いや、私は小萬とは客と芸妓以上の関係ではなかったんだよ、ほんとうだ。小萬は、知ってるかい、流感で家族をいっぺんに亡くしてね。ひどく落ち込んでいたものだから、元気づけようと……。指輪だって、そう高いものじゃない。でも、お金を使うときは家令に用途を告げないといけない。当主といえど、家のお金を勝手には使えないからね。とくにうちは、大名華族のように富裕ではないから、財布のひもは固いんだ。適当に口実を作っていくらかもらえばいいのだろうけど、そういうのはもともと苦手だし、私は婿養子でもあるし、その辺は弱くってね……いっそ瀧川侯爵くらい豪気にお金を使えればいいのだけど」

「いけません」

鈴子は口を挟んだ。「父はああなってはいけない大人のお手本みたいなものです」

鈴子の令嬢らしからぬきっぱりとした物言いと、家長に対しての言いように、子爵はぽかんとして目をしばたたいていた。孝冬は声を殺して笑っている。貧民窟で育った鈴子は、ろくでもない父でも父であるというだけで敬えという精神を会得していない。

「はあ……そう……、瀧川侯爵のお宅は、ずいぶんざっくばらんな家風なんだね。いや、でもうちも似たようなものかな。家長は私だけれど、誰も私のことなんて尊重してないからね」

自嘲するように子爵は笑った。

「合成宝石の指輪ひとつ買うのだって、華族同士のつきあいで必要な経費だからと言って、なんとかお金を出してもらったんだ。家内には内緒でね。三越で、家内への贈り物だと言って買ったんだ。それで、家内が三越に買い物に出かけたときに、『先日の指輪はいかがでしたか』と訊かれて、ばれた。『どういうこと？』と問い詰められたよ。私はとっさに、『誕生日に贈ろうと思って、とってあったんだ』と答えたんだ。五月だからね、彼女の誕生日は。それで、十二ヶ月指輪というのがあるだろう？　三越が出した、誕生石の……。五月はエメラルドだけど、そんな高いものは買えないから、エメラダにしたと言ったんだ。合成宝石の誕生石だと、五月はエメラダなんだってね。店員に聞いたんだ。でも、家内は私の言い訳を信じてなかった。私はそういう嘘は慣れてないんだよ、しどろもどろになってね……」

だったらいまちょうだい、と夫人は言ったそうだ。

「いますぐ持ってきて、と。そう言って聞かないものだから、しかたなく、小萬のところへ行ったんだ。すぐに新しい指輪を買ってくるわけにもいかないからね。お金の都合がつかない。それより、小萬に正直に話して、指輪を返してもらって、彼女にはべつの指輪でも贈ろうかと思っていたんだ。そしたら、小萬は新しい指輪はいらないから、そのぶんお金で欲しいと言うんだ。お金と引き換えにエメラダの指輪を返すと。いま手持ちがないから、あとで持ってくる、と言って指輪を返してもらったよ」

子爵は青ざめた頰をさすり、忙しなくまばたきをする。

「小萬は……『約束ですよ』と言った。『必ず持ってきてくださいね、そうでないと、あたし、指輪をもらいに行きますから』と……。ちょっと興醒《きょうざ》めするような気分だった」

——火葬代だ。

と鈴子は思った。この指輪を売れば火葬代くらいにはなるかしら——と、小萬は言っていたのだ。

「……でも、そのあと、小萬が殺されたって聞いて、驚いて……下手すれば私も強盗と鉢合わせしたかもしれないと、ぞっとしたよ。それからしばらくして、家内が妙なことを言いはじめたときは、べつの意味でぞっとした。三味線の音が聞こえる、女の幽霊がいる、なんて……」

「すぐに小萬だと思いましたか？」

「うん、まあ……でも、私にはなにも聞こえなくて、見えないから、家内の気のせいか、それとも嫌がらせかとも……でも、やっぱり、小萬の幽霊だったんだね」

鈴子は口を開いた。

「指輪をもらいに来たんでしょう。言っていたとおりに」

子爵が口もとを押さえる。

「そ……そんなにあの指輪に執着していたのかな」

「いえ——」

そういうわけではないだろう。もっと言えば、火葬代にもさして執着していたわけではあるまい。彼女はお金をいくらか貯めていたというから。

だからこそ、小萬の幽霊が指輪を取り立てに現れたことには、彼女なりの意味があったのだと、鈴子は思う。鈴子はそれを、この場では口にしなかった。

「それでも、私はいちおう、お金を出したんだよ」

と、子爵は言った。

「小萬との約束だったから……回向料にしてくれと、こちらの名前は伏せて、新聞社を通じて。家令には、仕事関係の相手に不幸があったから、と言い訳して」

「ああ……」

では、小辰の言っていた新聞社を通じてもらった回向料というのは、子爵からのものだったのか。

「名を伏せていたから、幽霊には通じなかったのかもしれませんね」

孝冬がそんなことを言った。

「そんなものかな……」と、子爵は肩を落とす。

「ともかく、幽霊は祓ってくれたのだよね？　それならもう、よかった」

はあ、とため息をつく。

「小萬も、かわいそうな娘だったね。犯人が早く捕まるといいけれど」

鈴子は、ちらと孝冬を見る。もういい、という合図だった。孝冬は理解したようで、

「それでは、そろそろ」と辞去の挨拶を述べて、立ちあがった。

子爵邸をあとにして、鈴子と孝冬は赤坂方面へと向かう。華族屋敷の仰々しい塀に挟まれた通りを歩き、鈴子はパラソルの陰から孝冬を見あげた。

「あなたも気にかけてらっしゃったのですね。小萬さんの幽霊のこと」

小萬と面識のある孝冬は、あの幽霊が彼女だとすぐわかったのだろう。それで、記者に事件のことを尋ね、芸妓屋に話を訊きに行こうともしたのだろう――鈴子と電車通りで会ったとき、彼もまたあの芸妓屋に向かうところだったに違いない。

「気にかけたというほどのことは……。鈴子さんのような心持ちで動いたわけではないんですよ。ただ、知らぬふりで放っておくのも、道義上どうかと思っただけで」

孝冬は頭をかく。

「それより、もう気はおすみになったんですか？　私にはいまいち、小萬の幽霊があそこに現れたわけが腑に落ちませんでしたが。子爵や夫人が小萬を殺したというほうが、まだ筋が通りますね」

「幽霊に筋を通すという理はないでしょう。死というものは、老衰でさえ当人にとっては理不尽で筋の通らないことでしょうから」

「なるほど。そういうものですか」

孝冬は鈴子の言葉を興味深そうに聞いている。

「小萬さんは……」

鈴子は地面に目を落とす。陽光がまぶしく照り返し、影は濃い。そよぐ風が後れ毛を撫でた。

「馬鹿馬鹿しくお思いになったのではないかしら。華族の虚飾《きよしよく》に」

「虚飾？」

「子爵は、小萬さんに正直に事情をお話しになったとおっしゃっていたでしょう。驚いたのではないかしら。合成宝石の指輪ひとつ買うにも苦労して、奥様に追及されたら、新しいものを買うのではなく、返してもらいに芸妓のもとに頭をさげにやってくるのですから」

「ああ……まあ、たしかに」

孝冬は苦笑いしている。鈴子は、はたしてこのひとにこれを話して伝わるだろうかと、目をそらしてうつむいた。

「小萬さんは、家が貧しくて、そのために東京で芸妓になったのです。でも、家族はいっぺんに皆死んでしまったので選択の余地なんてありません。そのおかげで家族は助かった。でも、家族はいっぺんに皆死んでしまった。芸妓をつづける意味もなくなったけれど、彼女にはもはや帰る場所はなかったのです。東京でただひとり、ぽつんと生き残ってしまった。そういう身の上なのですよ。生きる気力も失われている。そこに上流階級の紳士である子爵がやってきて、あげた指輪を返してくれという。その場しのぎの体裁を取り繕うために。――馬鹿にしてるの？」

鈴子はパラソルの柄を握りしめていた。

「上流の人々は、体面を保つのに汲々としていて、下のほうが目に入らないのでしょう。気の毒だからと指輪をあげて、妻にばれたら、妻相手に正直に理由を話すでもなく、指輪を返してもらいにくる。芸妓相手なら言いやすいから。死んだら、回向料を贈って義理を果たす。おやさしくて律儀なかたね。わたしはこういう、その場その場の感情で思いつきのやさしさをふりまいて、結局誰に対しても不誠実な人間が、大嫌いです」

吐き捨てて、ひとつ深い息をついた。孝冬は言葉を挟むことなく、黙って鈴子を眺めているようだった。鈴子は、そちらに顔を向けることなく、ふたたび口を開いた。

「……内証の苦しい華族がすくなくないことは、わかっております。その歪みのせいもあるのでしょう、指輪ひとつに子爵がふりまわされたのは。それが馬鹿馬鹿しいのです。あきれてしまうわ。わたしの母は瀧川家を出たあと、浅草の十二階下におりました。私娼窟です。おなじころ、父は赤坂や新橋の花街で遊びほうけていたのですよ。なにか間違っておりませんか。間違ってないのなら、まわりすべてが歪んでいるのです」

鈴子は言葉をとめて、手で額を押さえた。

「いえ——申し訳ございません。話が逸れました。小萬さんは、自分で言ったとおりに、指輪を取り戻しにきただけです。芸妓の幽霊が借金取りのように、華族のお屋敷に現れるのですよ。おかしいですよね。そんなおかしなことになった原因は、子爵です。小萬さんは、ただ約束どおりに、現れただけです」

「小萬は、それを伝えたかったと？」

孝冬は短く問う。

「ほんとうのところは、わかりません。わたしは小萬さんではありませんから。周囲が思う以上に、あの指輪に執着していたのかもしれませんし」

「いや。私は、あなたの言うことが当たっていると思いますよ」

鈴子は孝冬の顔を見あげる。孝冬は屋敷町の高い塀を眺めていた。その向こうにある立派な邸宅は見えない。孝冬の横顔に微笑はなく、なにを考えているのか読めなかった。水色の空は、淡く霞がかっている。陽気は初夏のようでも、空は春だった。

しばらくして孝冬は鈴子のほうを向き、笑みを浮かべた。

「鈴子さん、お宅にお送りする前に、寄り道をしてもかまいませんか」

「……どちらへ？」

「日枝《ひえ》神社へ」

「ヒエ……ああ、山王さん」

「そうか、地元のひとはそう呼ぶのですね」

「山王権現ですから」

『日枝神社』という名称になったのは、明治になってからである。昔は神と仏は混ざっていて、神社のなかにも寺があったし、寺のなかに社や祠があった。神様は仏様のべつの姿だとして、権現だとか明神だとかができたのだ――といった話を、鈴子は浅草にいたころ聞いた。

「いまは『権現』とは言わないのでしたか」

たしか明治のころに、神仏判然令というのが出されたのだ。神と仏をわけよという命令だが、いろいろあいまって廃仏として受けとられて、地域によっては寺がめちゃくちゃに壊されたり、僧侶が迫害されたという。

「不思議でございますね。名称が変わっても、このあたりのひとの信仰は変わらず『山王さん』です」

神だろうが仏だろうが、正直、どちらでもよい、と、鈴子などは思ってしまう。ただ、廃仏などと、存在しているものが力ずくで壊されてしまうことには抵抗を覚える。

「信仰というのは、そういうものです」

孝冬は言って、日枝神社のあるほうへと歩きだす。鈴子もそれにつづいた。

「信仰は歴史です。そして、川のようなものです。ときに流れが変わり、氾濫し、涸渇する。ひとの手によって流れが変えられたり、堰き止められたりもします。いまは、ひとの手によって、護岸工事が急速に行われているようなものですね。それも、どの川もおなじように、画一的に」

鈴子は首を傾げる。「その喩えは、よくわかりません」

孝冬は笑った。

「鈴子さんは、率直ですね。わからないことを、わかったふりはしない。――そうですね、明治に入って、宗教や信仰というものは大きく変えられて、いまも変化してゆく途上にあるということです」

「変わっているのですか」

「山王権現も日枝神社に変わったでしょう」

「ああ……」

「神田明神もそうでしょう。いまは神田神社です。あそこは平将門《たいらのまさかど》が祀られていますが、政府からしたら逆臣を祀るとはけしからん、ということで、末社に移されて、祭神をとりかえた。ずいぶん乱暴なことをするものです。——しかしまあ、人々が信仰しているのは将門公の御霊なわけで、みんな例祭にも参加せず、賽銭も投ぜず、末社にお詣りするようになってしまった、という落ちがつきますが」

日枝神社がいまでも『山王さん』であるのとおなじようなことか、と鈴子は理解した。

「国が大きく変わったのですから、宗教にまつわる制度が変わるのは必然でもあります。まあ方針はずいぶん、二転三転したのですが。それによって神社のありかたも変わりました。たとえば、神社は祭祀を行う場であって、宗教ではない。そういうふうに決められました」

「……」

またわからなくなった。お詣りに行って、神様を拝むではないか。山王さんを、将門公を人々は変わらず信仰しているではないか。

「難しいですか」

「はい」

孝冬はまた笑う。

「そうですね、平素の信仰とはべつに、初詣を考えてみてください。初詣に出かけても、それは己の信ずる宗教への信仰心からではなく、初詣という儀式だからでしょう。簡単に言えば、そんな感じかな」

「ああ……それなら」

なんとなくわかる。初詣は明治に入ってから始まった行事である。それまでも元日の氏神への参詣や恵方詣というのは行われていたが、初詣となると信仰よりも行楽の色合いが強い。

「まあ建前ですから、理解できなくて当然なんですが。とはいえ神社は宗教ではないので布教はできませんし、官幣社《かんぺいしゃ》や国幣社《こくへいしゃ》では葬式もできませんし、管轄も宗教を扱う文部省ではなく、内務省になるわけです」

「建前……」

前方に、こんもりとした緑の丘が現れる。鎮守の森だ。そこに山王権現が祀られている。

「祀る神は決められて、神事も規定のものを行うよう決められています」

孝冬は足をとめ、木々を眺めた。「制度によって画一化して、平らにならしてゆくのですね」

「平らに……」

「異物は排除して、国の定める神社を作ってゆくわけです」

鈴子は山王の森から孝冬の横顔に視線を移した。孝冬も鈴子のほうを向いて、微笑する。

「まあ、これ、すべて兄からの受け売りですが」

「お兄さん……亡くなったという」

「そうです。兄は跡継ぎでしたからね、真面目に神職の勉強をしていたのですよ。私は養子に出た身ですので、正直、そっち方面はさっぱりです。でも、私のほか家を継ぐ者がいないので、仕方ありません。親族連中は、私が神職にも華族にも向かない人間だとしても、目をつぶるしかないのですよ」

鈴子は孝冬の微笑を見つめる。うっすらと氷が張ったような笑みを、このひとはいつも浮かべている。そう思う。

「神職のことはわかりませんが……すくなくとも華族には、向いてないようには思いませんが」

身のこなしには品があり、教養もあり、醜聞になりそうな素行の悪さも聞かない。いわゆる『皇室の藩屏《はんぺい》』というもの――藩屏とは囲いのことであり、天皇を守る者、というような意味である――に、じゅうぶんふさわしいひとだろう。

だが、孝冬は冷えびえとした笑みを一瞬見せた。それは自らを嘲るような笑みだった。

「鈴子さん、それは褒め言葉ですか」

「……わたしはあなたと違ってひねくれた皮肉は申しません」

そう言うと、孝冬は不思議と「はは」と声をあげて笑った。楽しそうに。

「私は、あなたのそういうところが好きですよ」

孝冬の朗らかな顔をまじまじと眺めて、鈴子は、「変わったかたですね」と言った。孝冬はまた笑っている。なにが面白いのか、鈴子にはわからない。ただ、ふだんの冷たい微笑より、いまのような笑顔のほうが、ずっといいと思った。

石段をのぼりきると、境内には飴売りだの吹玉売りだのがいて、子供たちの注目を集めていた。赤子を背負ったねえやが飴細工に見入り、きょうだいがそろって吹玉に目を輝かせている。粟餅《あわもち》に汁粉、団子などを出す茶屋が軒を連ね、参詣をすませた大人がひと休みしていた。神社のすぐ隣には、星岡《ほしがおか》茶寮という、華族や政財界の人々が足を運ぶ社交場もある。

孝冬は社殿に見向きもせず、境内の端を抜け、生い茂る樹木のあいだへずんずん進んでゆく。「よその神様を拝むと、例の上臈が機嫌を損ねるんですよ」などと言っている。

「名前はないのですか?」

「え?」

「あの上臈に」

「ああ。『淡路の三位』だとか『淡路の君』だとか呼びますよ。諱《いみな》は伝わってません」

林を抜けると、視界が開けた。眼下に東京の町が見渡せる。さすがに見晴らしがいい。

「お詣りはしませんが、ここにはときおり来ます。眺めがいいでしょう」

「ええ」

風が通り抜けて、心地よい。鈴子はパラソルをたたんだ。

孝冬が、「お尋ねしてもいいものかどうか、迷っていたんですが」と前置きして、鈴子の手もとに目を向ける。

「いつも手袋をしておいでなのは、理由が？」

「たいした理由ではございません。子供のころの火傷の痕があるだけです。華族の方々が目にすると驚かれて、気を遣われるので、面倒で隠しております」

「そうでしたか。レースにお好みのものはありますか？」

「いいえ、とくには」

「今度、手袋をお贈りしましょう。イギリスからの輸入品でいい物があります」

鈴子は孝冬の顔を見あげる。孝冬は目を細めた。

「あなたは、よく私の顔をごらんになりますね。お好みの顔ですか」

「なにを考えてらっしゃるのかわからなくて気味が悪いので、読みとろうとしているのです」

「読みとれますか」

「いいえ、ちっとも」

孝冬は愉快そうに笑った。

「私はあなたといると楽しいんですよ。いまの私は、機嫌がいい顔をしています」

「悪だくみでもなさっているのかと思いました」

ははは、と笑い声があがる。

「……鈴子さん」

孝冬はひとしきり笑ったあと、静かに言った。

「私はね、祖父の子なんですよ」

「え？」

「父ではなく、祖父の。外聞が悪いので、父の子として届けが出されましたが」

「……お祖父様と、お妾のかたの子ということですか？」

さすがに祖母とのあいだの子ではないだろう、と思って訊いた。

「ええ、まあ」

孝冬は言葉を濁したので、鈴子は訊き直さなかった。

「明治のころ、神職の世界は、混乱と迷走と暴走の渦で、まあ相当な悶着が起きていたんです。ご存じですか」

「いいえ」

と答えたものの、さきほど孝冬が話してくれた神田明神だの神社は宗教ではないだのという内容から、なんだかややこしいことになっているのだな、とは感じていた。

「新しい時代になったのだから、揉めるのも当然といえば当然なのかもしれませんが。ややこしいのでかいつまんで言うと、出雲派と伊勢派で祭神について神道界を二分する悶着が起きましたし、神社の統廃合がなされて地方の小さな祠、名もなき神は消されてしまった。ほかにもいろいろありますが、ともかく、大きな変革があったんです。神社はそれに翻弄されたわけですが、神社同士でも意見はわかれるし、神職の家のなかでも揉める。花菱家でもそうでした。祖父と父の考えは、ことごとく反対でした。それで父子のあいだに軋轢が生じたのです」

難しいことはさておき、ともかく父と息子が対立することになったのだな、と鈴子は理解する。そういえば、孝冬は前に御家騒動がどうとか言っていた。このことだろうか。

「父は祖父のひとり息子でした。父にはすでに母とのあいだに息子がいて、これが兄です。順当に行けば父が跡を継いで、さらにそのあとは兄が、となるはずでした。ところが、祖父は自分の言うことを聞かない父を疎んじるようになる。その息子である兄のことも。そこで——自分の思いどおりになる子供を新たに拵《こしら》えようと考えたのですね」

それが私です、と孝冬は言う。

「どこの家でもそうでしょうが、家長である祖父は絶対的な存在でした。祖父は父を廃嫡して私を跡継ぎに据えるつもりだったようです。とはいえ華族には宗秩寮という監視役がいますから、そう無茶な真似もできない。宗秩寮は醜聞にもうるさいですから、外聞を考えて私は父の息子ということになりました。祖父は私を偏愛し、父や兄を虐げました。そのぶん、当然ながら私は父母には憎まれました。兄はやさしかったですがね……」

孝冬の瞳が翳《かげ》る。汗が冷えるような寒々しさを、鈴子は感じた。暑いくらいの陽気なのに、日陰になると思いがけず寒くてはっとする、そんな寒さだった。——いや、これは、寒さではなく、さびしさだ。孝冬のさびしさが、鈴子の肌にしみ入るような心地がしたのだ。

「状況が変わったのは、祖父が病に倒れてからです。祖父は寝たきりになり、意思の疎通もままならず、父が跡を継ぎました。私は横浜の親族のもとへ養子に出されて、以後、父母には会ってません。祖父は一年足らずで死にました。その後、父母も淡路にいるとき水難事故で死んで、跡を継いだ兄も病で死にました。兄は未婚で、子供もいませんでしたので、必然的に私が継ぐことになったわけです」

「……ずいぶん、ふりまわされたのですね」

ひどい話だと思う。大人の勝手な都合で可愛がられたり、嫌われたり、養子に出されたり……自らの意思に関係なく、翻弄されている。彼はひとつも悪くないというのに。

——歪んでいる……。

そう思った鈴子は、孝冬がなぜこんな話をしたのか、わかった。

孝冬が鈴子に微笑を向けた。

「あなたがさきほどおっしゃった『歪み』というものが、私は感覚としてよくわかります。歪みがなければ、そもそも私は生まれていませんから」

「……そう……」

鈴子は孝冬の胸中を推し量る。彼は本来なら、こんな話をする必要などなかった。家庭内の、できるなら言わずにすませたい内輪話だ。孝冬にとっては、心にずっと残る傷でもあろう。それを、ただ鈴子に『あなたの気持ちがわかる』と伝えるためだけに、話したのである。孝冬は、思っていたよりもずっと、誠実さを持ち合わせたひとなのではないかと、鈴子は思った。

鈴子は岡の下へと目を向け、赤坂の町並みを眺めた。黒い甍が陽光に照り輝き、川面のようだ。風に巻きあげられた土埃で、景色は白っぽく霞んでいる。そのなかに、そびえる高塔が見えたように思えた。浅草の十二階。鈴子は両手でパラソルの柄を握りしめる。

――みんな……銀六《ぎんろく》さん、テイさん、虎吉《とらきち》じいさん……。

あのころ、十二階のかたわらには丸屋根の浅草国技館があり、その手前に伸びる浅草六区の興行街の通りには、軒を連ねていた見世物小屋に代わって、活動写真館が続々と出来ていた。軒先にずらりと並んではためく色鮮やかな幟旗が、いまにも見えるようだ。易者、人相見、祭文語り、読売り、さまざまな物売りに交じって、喉が痛くなる埃っぽい雑踏の一角で、鈴子は千里眼少女を名乗っていた。鈴子はひとりではなかった。家族と呼べるひとたちが一緒だった。

――あの日までは。

「……花菱男爵」

パラソルを握りしめたまま、鈴子は口を開いた。

「どうぞ名前で呼んでください。婚約者でそれは他人行儀すぎるでしょう」

孝冬は軽口をたたいたが、鈴子の表情を見て笑みを引っ込めた。「なんでしょう？」

「結婚する代わりに、お願いがあります」

「結婚を取引材料にせずとも、お願いくらい聞きますが。それとも、結婚と引き換えになるほど重いお願いですか」

「華族のなかで、お印が『松印』のかたをさがしています。それに協力していただきたいのです」

孝冬は、すこし考えるようにまばたきをした。

「お印……というと、華族がよく使うあれですか。商家で育った私には縁がありませんが。あれはたしか、もともとは武家の習わしですよね。それの松ですか」

「松をお印に使ってらっしゃるかたは、多いのです。わたしは怪談蒐集と称して華族のお屋敷にお邪魔して、さぐっております」

孝冬は目をみはる。

「それが目的でしたか。——しかし、なぜ……」

「わたしは祖父の方針で女子学習院に通いませんでしたので、学友から情報を得るということができませんでした。外出も制限されておりましたので、ある程度自由に出歩けるようになったのは、祖父の死後です。それが二年前。どうしたらいろんな華族の家々にお邪魔できるか、これでも知恵を絞ったのです」

「それが怪談蒐集？　なかなかに、突飛ですね」

鈴子はちょっと笑った。「お忘れですか。わたしは千里眼です」

「なるほど、得意分野だからと？」孝冬も笑みを浮かべる。「ところで、はじめてあなたの笑顔を見ましたよ」

鈴子は笑みを消した。孝冬はおかしそうに笑う。

「笑顔も素敵ですが、私はふだんの死んだ魚のような目をしたあなたも好きですよ」

「……」鈴子はため息をつく。

「鈴子さん、根本的な理由をおうかがいしてませんよ。なぜ、『松印』の者をさがしているのですか？」

鈴子はしばしためらい、町並みに目を向けた。

「それが、殺人犯だからです」

そう告げると、さすがに孝冬も息を呑んだ。

「あなたも、おっしゃっていたでしょう。浅草の貧民窟で惨殺事件があったと。わたしとともに暮らしていたひとたちが殺された。同時に、わたしは姿を消した。――そのとおりです。詳しく申しあげるなら、彼らが殺された日、わたしは瀧川邸におりました。その数日前に、わたしは瀧川の家の使用人によって発見されたのです。当時、わたしは浅草六区の興行街で商いをしておりましたが、それを目にした使用人が、祖父に報告したのです。それで屋敷まで呼ばれて……わたしが身の上を話すまでもなく、血のつながりがあることは、祖父にはすぐにわかったようです。あきらかに父に似ておりましたので」

「ああ、たしかに」

孝冬はうなずいたが、鈴子は仏頂面になる。父に似ていると言われても、うれしくないからだ。

「祖父は瀧川の家で暮らすよう言いましたが、わたしは即答できず、帰りました。その帰り道の途中——銀六さんたちが」

「銀六……ああ、浅草の、その一緒に暮らしていたひとかな」

「そうです。銀六さんと、テイさんと、虎吉じいさん。銀六さんは五十くらいのおじさんで、テイさんは四十くらいのおばさん。虎吉じいさんは、たぶん、七十歳くらいでした。虎吉じいさんは足が悪くて、もうほとんど歩けなくて、わたしたちで面倒を見ていました。血のつながりはありませんでしたが、銀六さんもテイさんも、虎吉じいさんには恩があると言っていました。わたしも、虎吉じいさんから昔の話を聞くのが好きで……」

当時を思い出しそうになり、鈴子は唇を嚙んだ。思い出してしまうと、苦しくて話せなくなる。

「テイさんは、母の友人でした。十二階下にいたころの。母が死んでからわたしの面倒を見てくれたのは、テイさんです。それで……ええと……」

なにを話していたのだったか。鈴子は額を押さえる。胸に渦巻く感情が邪魔をして、うまく話ができない。

「瀧川邸から帰る途中まで話してくれましたよ。それで、銀六さんたちが、どうだと？」

「ああ、そう……銀六さんたちが、いたんです」

「いた？　どこに」

「ですから、帰る途中……道を歩いていたら、目の前に、三人が立っていたんです。立って……血を流して……」

あのときの光景を思い出すのは、避けていた。でもいまは、口に出さねばならない。血まみれの姿で立っていた、三人のことを。

「――それは、幽霊だということですね？」

勘のいい孝冬が、答えを出した。鈴子はうなずく。

「三人とも、おなじように胸から血を流していました。それで、言ったんです。『帰ってきちゃいけない』と」

――帰ってきちゃいけないよ、鈴。

テイは口から大量の血を吐きながら、そう言った。縞の藍木綿が、血でどす黒く染まっていた。頬が痩せこけてはいたが、それなりにきれいな顔をしていたのに、そのときは土気色になっていた。

——帰ってくるんじゃねえ。そのまま瀧川のお屋敷へ戻れ。

銀六は殴られもしたのか、瞼が切れて腫れて、頬も青黒くなっていた。白いものが交じった髭や髪にも血がこびりついていた。くたびれた白いシャツが真っ赤な色に変わってしまっていた。

虎吉はなにも言うことなく、白く濁った目をしょぼつかせて、ただやさしげに鈴子を見つめていた。色褪せた浴衣に包まれた、あばらの浮いた薄い胸が、もはや呼吸に上下することもなく、血を流していた。

鈴子は耐えきれず、頭を抱えてその場にうずくまった。パラソルが足もとに落ちる。

「虎吉じいさんは、もう起き上がることもできなかったのに……」

そんな老人まで、無残に刺し殺されていたのだ。

帰ってくるなと言われても、そのとき、鈴子の足は自然と駆け出そうとしていた。それをとめたのが、銀六の言葉だった。

「銀六さんが、『犯人を見つけてくれ』と言うから、わたしの足はとまりました。『華族の娘になって、逃げてった犯人を見つけてくれ。奴は華族だ』って。犯人は、松印と書かれたハンカチを持っていたそうです。だから、帰ってこなくていい、そいつを見つけてくれ、と……。銀六さんは、昔、華族のお屋敷で働いていたんです。どこのお屋敷かは知りません。だから、お印のことも知っていました」

だから、鈴子は瀧川家へ戻ったのだ。その日から、『浅草の千里眼少女』は消えた。

話し終えたあとも、孝冬は考え込むように黙ったままだった。

「銀六さんというひとは……おそらく、家従以上の使用人だったのではありませんか」

しばらくして、孝冬はそんなことを言った。うずくまっていた鈴子は、立ち上がりながら首を横にふった。

「さあ……わかりません。あんまり、昔のことは話さないひとでしたから」

「いいえ、私の勘に過ぎませんが。頭のいいかただと思うので」

「頭はいいひとでした。千里眼の商いを考えついたのも、銀六さんでしたから」

そうした商売は、雑多な繁華街の浅草にちょうどいい。千里眼少女としての口の利きかただとか、もったいぶったそぶりだとか、細かいことはすべて銀六に仕込まれた。

「そうでしょうね。だから、あなたに目標を与えて、瀧川の屋敷に戻らせた」

「え……」

「浅草界隈には、まだ犯人がいた可能性がある。だから、彼らはあなたを帰らせないために、その場所で足止めをして、瀧川の屋敷へ戻るように言ったのでしょう。そして、彼らを失ったあなたが泣き暮らさないよう、『犯人をさがせ』という目標を与えた……」

鈴子の脳裏に、血まみれの三人の姿がよみがえる。銀六はいつものように怒ったような厳しい目をして、テイは必死の形相で、虎吉はやさしく見守るようにして。

胸のなかで渦巻く熱を、もう塞《せ》きとめられなくなった。鈴子の目から涙がこぼれて、頬を伝って落ちた。

孝冬が手を伸ばし、鈴子の頬に触れる。涙がその手を濡らした。孝冬は一歩、鈴子に歩み寄り、背中に手を置いた。控えめな動作で引き寄せられて、鈴子は孝冬の胸に身を預ける形になる。上着から香のよいにおいが漂う。抱き寄せるというよりは、胸を貸すという感じだったので、鈴子はどこか安堵する思いで、目を閉じた。清冽な香りに包まれて、鈴子は、胸がすこし軽くなったような気がした。

＊

鈴子を瀧川邸に送り届けたあと、孝冬は麴町にとって返し、花菱の屋敷に帰宅した。

「お帰りなさいませ」

家従の由良《ゆら》が出迎える。由良に帽子を渡して、孝冬は「さがっていい」と告げる。由良は無表情に一礼して去っていった。

――侮蔑の表情でも見せられたほうが、まだ張り合いがあるな。

階段をのぼりながら、孝冬はそんなことを思う。由良は孝冬の兄、実秋《さねあき》の忠実な家従だった。彼の硬質な顔の奥には、冷ややかな感情が横たわっているのだろう。

兄は家長である祖父から日陰者のように扱われ、冷たい仕打ちを受けた。その祖父から溺愛されていた孝冬を、この家の使用人たちの多くが苦々しい思いで眺めていたことを、知っている。いま、養子に出されて去ったはずの孝冬が、ふたたびここに戻り屋敷の主に収まっているのを、きっと歓迎してはいないだろう。

孝冬は一室の扉を開け、なかへと入る。ここは屋敷の主の部屋だった。しばらく扉を背にして佇む。正面に窓があり、レースのカーテン越しにやわらかな陽光が降りそそいでいる。その手前には大きな執務机があり、右の壁際には洋簞笥が、左の壁際には書棚が据えてあった。孝冬は部屋のなかほどまで進み、ふり返る。飴色の光沢を帯びた、マホガニーの扉を見つめた。絨毯の上に両脚を投げだした兄の亡骸が、そこに見えるような気がした。

鈴子には言わなかったが、兄は、自殺だった。この扉の把手に手拭いをくりつけて、首を吊ったのだった。

孝冬は執務机にもたれかかり、手をつく。陽光に包まれているにもかかわらず、室内は薄ら寒く、底冷えがするようだった。そこここに陰鬱な翳が落ち、孝冬を暗闇に引きずり込もうとする。鈴子と会っていたとき、胸に満ちていたほの明るさが、嘘のようだ。

鈴子は、朗らかでも明るくもない娘だが、不思議と一緒にいると鬱々とした気分が吹き飛ばされ、自然と笑えた。

――風。そうだ。風のようなひとだ……。

新緑の息吹を含んだ、みずみずしく、清らかな五月の風。鈴子はそういうひとだった。

因習と憎悪にまみれたこの屋敷に戻らねばならなかったことも、上﨟の怨霊を飼うことも、その怨霊が選ぶ花嫁を娶らねばならないことも、すべてが忌々しく、けれども仕方がないと、あきらめとともに受け入れていた。だが――。

風が吹いたのだ。当たり前のように世間に転がっているものを、鈴子は『歪み』だと言った。それは当たり前ではないのだと、気づかされた。

孝冬の心のうちに風が吹き込んで、靄《もや》に覆われていた視界が開ける。そんな心地がした。

深く息を吐き、前髪をかきあげる。孝冬は洋箪笥に目を向けた。アール・ヌーヴォー調のゆるやかな曲線を描く、優美な洋箪笥だ。そこには兄の私物がまだ入ったままだった。孝冬はなにひとつ兄の物を捨てることなく、そのままにしてある。

兄が自殺した理由は、わかっていない。遺書も残さず、ただ死んだ。外聞を憚り、古くから花菱家とつきあいのある医者に病死と診断させて、宮内省に届けた。

孝冬は洋簞笥の抽斗《ひきだし》をひとつ、開ける。なかには白いハンカチが幾枚も収められていた。几帳面できれい好きだった兄らしい、しみひとつないハンカチだ。孝冬はそれを一枚、手にとる。広げれば隅に、兄のお印の文字が黒糸で丁寧に縫い取られている。

『松印』——と。

——まさか。

孝冬は胸のうちに湧きあがる疑念を払拭するように、すこし笑う。松をお印に持つ華族なんて、たくさんいる。まさか。あり得ない。

だが、兄が死んだのは六年前の秋。鈴子の家族同然の人々が惨殺されたのは、六年前の夏だ。

だからどうした、という思いと、まさか——という疑いが交互に去来する。

孝冬はハンカチを元どおり抽斗にしまうと、その場にうずくまった。

花嫁簪

薄灰の縮緬地に藤を描いた友禅の着物に、紫の絞りの帯を合わせる。羽織は紋紗を淡い紫から若緑にぼかしで染めた、やはり藤の柄。ややくどいのではと鈴子には思われるものの、半衿も藤の刺繡のものである。「お若いご令嬢なんですから、こってりくどいくらいでいいんですよ」とタカは言う。

「お嬢様くらいのお年頃は、どれだけ華やかに装ったって、それに負けるということはございませんからね」

そういうものかしら、と鈴子はタカに帯を締めてもらいながら、小首をかしげる。鏡には藤の花に包まれたような鈴子の姿が映っている。帯をお太鼓に結び、濃紫の帯締めを締める。帯留めは四季の花々を彫り込んだ彫金、名匠・桂光春《かつらみつはる》の作である。

鏡に映る己の顔を眺めながら、

「ねえ、タカ。わたしって、『死んだ魚のような目』をしているかしら」

鈴子は問うた。タカが羽織を肩に掛けようとした手をとめ、鏡越しに鈴子を見る。

「あらまあ……お上手な喩えですすこと。どなたがおっしゃったんです？」

孝冬である。が、鈴子は言わずにおいた。

「落ち着いてらっしゃるのがお嬢様のいいところでございますよ。生き生きとした目のお嬢様なんて、お嬢様じゃありませんからね」

「……褒めてるの……？」

「褒めております。ほかのご令嬢にはない個性があって、よろしいではございませんか」

「……」

「そろそろ花菱男爵がいらっしゃるのではございませんか」

羽織の衿を整えながら、タカが言った。時刻は十一時前である。

「今日は日本橋の鰻《うなぎ》屋でございましたか。このあいだは鮨《すし》、その前は西洋料理。花菱男爵はおいしい料理屋をよくご存じで、よろしゅうございますね」

孝冬はたびたび鈴子を食事に誘う。丸一日つきあうことはないので、忙しい仕事の合間を縫って時間を作っているのだろう。

両者の結婚について宮内大臣からの許可もおり、結納は今月、婚礼の披露宴は秋、どちらも大安吉日を選んで行うことになった。結婚へ向けての細々とした行事の日取りが決まってくると、鈴子も嫁入りの実感がすこしずつ湧いてくる。昔は結婚に至るまで様々な段取りがあったそうだが、いまは結納だけなので、まだ楽なのだそうだ。

「お嬢様、花菱男爵がいらっしゃいました」

女中が知らせに来た。鈴子はレースの手袋をはめる。この手袋は孝冬からの贈り物だ。イギリスのホニトンという町で作られたレースだという。薔薇のモチーフを細かなネットレース地でつないであり、繊細で美しい。日本のレースはホニトンレースが起源だそうで、明治十三年にイギリス人女性によって伝えられたという。

孝冬は今日もスーツ姿だった。青みがかった灰の三つ揃いで、藍色のネクタイを飾るピンは芥子《けし》真珠とエメラルドを用いた彫金である。

「優美ですね。藤の精のようだ」

鈴子の出で立ちをひと目見て、孝冬はそう評した。

「死んだ魚の目をした女の間違いでは？」

「根に持ってらっしゃるんですか。まいったな。すみません」

そう言いながらも、孝冬は笑っている。

「では、行きましょうか」

車に乗り込み、日本橋に向かう。彼が最初に食事に連れて行ったさきはビフテキなどの西洋料理を食べさせる店だったが、鈴子の口に合わないと見てとって、二回目は鮨で、今回は鰻である。鮨も鰻も鈴子の好物だった。

隣に座る孝冬からは、薫きしめた清冽な香のにおいがする。今日はいつもよりその香りが強い気がした。

「今日は鈴子さんに、少々お願いがあるんですよ」

「幽霊がらみでございますか」

「よくおわかりで」

「詳細は」

「それはご飯を食べてからにしましょう」

鈴子は横目に孝冬をうかがう。前に鈴子は、彼の胸で泣いた。孝冬はあのあと、なにもなかったかのように瀧川邸まで鈴子を送り届けて、去っていった。

「どうかなさいましたか」

孝冬が鈴子を見ていた。

「いいえ」

答えて、鈴子は前を向いた。

鰻屋に着くと二階の座敷に案内されて、腰を落ち着ける。路地に面した窓が開け放たれており、風が通って涼しい。大通りから一本、内に入ったところにある店なので、静かだ。

しばらく待って運ばれてきた鰻重《うなじゅう》は、黒塗りの蓋を開けるなりこうばしい蒲焼きのにおいが立ちのぼり、もうそれだけで鈴子の胸を幸福で満たした。たれがつやつやと照り輝き、ほんのり香る山椒がいっそう食欲をかき立てる。箸を入れれば鰻の身はやわらかくほぐれ、よく焼けた皮のこうばしさとたれの甘み、身の脂があいまって、途方もなくおいしい。孝冬がなにか話しかけていたが、頭に入らず、適当に相づちを打っていた。

すっかり食べ終えて箸を置き、顔をあげると、さきに食べ終えていたらしい孝冬が頬杖をついて笑みを浮かべていた。

「なにか？」

「ここの鰻はおいしいでしょう？」

「はい」と素直にうなずく。孝冬は目を細めた。

「まだまだ、おいしい店はありますよ。あなたにぜんぶ食べさせたいな。つぎはなにが食べたいですか？」

鈴子は番茶を飲み、

「いまは頭のなかが鰻の余韻でいっぱいになっているので、のちほど考えます」

と答えた。孝冬は噴き出した。「ああ、そう……」

「ごちそうさまでした」と鈴子が頭を下げたところで、襖の向こうから声がかかった。

「花菱男爵、お食事はおすみでしょうか」

「ええ、どうぞ」

襖が開いて、江戸紫の御召に身を包んだふくよかな中年女性が顔をのぞかせる。身なりからして女中ではないだろう、と思っていると、「この店のおかみですよ」と孝冬が紹介する。

「お初にお目にかかります、瀧川侯爵のお嬢様。当店の鰻はお口に合いましたでしょうか」

「鈴子です」と言って鈴子はおかみに向き直る。「とてもおいしゅうございました」

「それはようございました」

おかみは破顔して、ひとなつこい顔になる。首の皺は年相応ながら、ふっくらとした頬は血色がよくつるりとして、若々しい。鰻のおかげだろうか。

おかみが、ちらと孝冬のほうに目を向ける。孝冬は心得たようにうなずき、「どうぞ」と部屋に入るよう、うながした。おかみは立ちあがり、部屋に入ると襖を閉める。改めてふたりに向かい、手をついた。

「花菱男爵には、無理なお願いを聞いていただきまして……」

「いえいえ、おかみの頼みですから」

孝冬は気安い様子で言い、窓のほうに顔を向けた。

「そろそろですか」

「いつもお昼時でございますから」

鈴子は孝冬とおかみを見比べる。「なんの話でございましょう」

そのとき、ちょうど午砲《ドン》が鳴った。正午である。午砲は、正午を知らせる空砲で、陸軍が宮城の本丸で撃っている。明治四年からつづく慣習だ。

午砲に被さるようにして、呼び売りの声が聞こえた。「金山寺《きんざんじ》屋でございー」という呼び声からすると、金山寺味噌売りだ。チリン、チリンと鈴の音もする。

花売り、苗売り、氷屋に、飴売り、豆腐屋、薬売り。かみそり磨ぎに下駄の歯入れ、洋傘直し……町なかには、ありとあらゆる物売りが歩いている。食べ物でも雑貨でも修理でも、いちいち店まで行かずとも、家のそばを通りかかる物売りを呼び止めればよかった。

いまごろの季節になると、金魚屋や風鈴売りといった、夏めいた物売りがはや行き交う。定斎屋《じょさい》という暑気払いの胃腸薬売りも、端午の節句ごろには現れる。夏に向けた物売りは、おおよそ五月上旬にはどこからともなくやってくるものなのだ。それで、ああもうそんな季節か、と思うのである。瀧川家では、千津が贔屓にしている朝顔売りがおり、夏場になると屋敷に呼び入れ、気に入った朝顔を買っている。金魚屋もやってくるが、池に放した金魚を五位鷺《ごいさぎ》にすっかり食べられてしまったというお宅があるとかで、千津は買わない。

対して納豆売り、パン売り、蒲鉾《かまぼこ》売りといった、季節に関係なくやってくる物売りもいる。金山寺味噌売りもそうである。

「あれですよ」

と、呼び売りの声を聞いて、おかみが言った。「金山寺屋の親父さん。気の毒なひとでねえ」

鈴子はおかみの顔を見る。おかみはゆるく首をふり、「十三年ほどになりますかしら、あの親父さんが亡くなって」と言った。

「金山寺屋といったら、金山寺味噌だけじゃなくて、漬物やら煮豆やらも売ってるでしょう。梅干しやら、茄子の辛子漬けやら、座禅豆やら。卸屋から仕入れるとこもあれば、自家製のものを売るとこもあるけど、あの親父さんのとこはぜんぶ自家製でね。これがおいしいんですよ。漬物にしろ、煮豆にしろ。だから贔屓客は多くってね、繁盛してましたよ。ああいう商売は、贔屓客ができないと厳しいですからね。あの呼び声が聞こえると、あたしもあわてて呼びとめて、家を走り出たものです。親父さんは、あのころで五十くらいの歳だったでしょうか、もとは旗本のお家で、明治になってからずいぶん苦労されたようです。旗本はどこもそうでしょうけれど。身分も禄もなくなったのに気位ばかり高くて鼻持ちならない、なんて旗本は言われたものですが、あの親父さんは、すこしもそんなところのないひとでしたね。朝から夕まで箱車を曳いて、愛想がよくってね。声も物売り向きのいい声で、ちょっと粋な感じの親父さんでしたよ。奥さんを早くに亡くして、男手でひとり娘を育てたひとでねえ。その娘さんが年頃になって、お嫁に行くことになったんですよ。それはおめでたい、よかったねえ、なんて言ってた矢先……」

客商売のひとらしく流暢に語っていたおかみは、言葉をとめて顔を曇らせた。

「嫁入り支度なんてなにもできやしないけど、簪くらい買ってやりたい、って言ってねえ、親父さん、遅くまで車を曳いて売り歩いてたんですよ。それがあだになったんです。酔っ払いに絡まれて、死んじまったんですよ。惨《むご》いことに、殴る蹴るで、頭の打ち所が悪くって。相手は巡査にすぐ捕まりましてね、それがあなた、内務省だか外務省だかの官員だったんですよ。酔いがさめたら、なんにも覚えてないっていうんですから、あきれちまいましたよ。もちろん、官員だからって無罪放免にはなりゃしません。牢屋に入りましたけど、それで親父さんが戻ってくるわけじゃありませんからね。みんなずいぶんかなしんだり怒ったりしたもんですが、いつごろからか、あの声が聞こえるようになりまして――」

おかみの息継ぎの合間に、ちょうどいいとばかりにまた金山寺屋の声がした。さきほどよりも近づいている。

「はじめは、聞き間違いだと思ったんですよ。ほかの金山寺屋の声を聞き間違えたんだろうって。でも、よく似てる。まさかと思って外に出てみたら、いないんです。声はすれど、姿は見えない。ただ呼び売りの声だけが近づいて、遠ざかってゆく。それだけなんです。うちの店の者や、ここらのひと、みんな聞いてます。でも、やっぱり姿は見えないんですよ。ああ、親父さん、化けて出たのかしらと思うものの、声だけですからねえ。そのうちみんな、気にしなくなりました。いずれ成仏して消えるだろうって。そんなこんなで、十年以上たっちまいましたよ」

おかみは苦笑気味に笑う。

「商売をしてますとねえ、いちいち気にしていられないもので。妙な話や気味の悪い話もよく聞きますしね。それが――」

と、おかみは孝冬に目を向ける。

「このあいだ花菱男爵にお話ししたら、放っておくのも後生が悪い、成仏させてやろうじゃないか、ということになりましてね。なんせ、神主さんでしょう。あら、違う？　宮司さんておっしゃるの、へえ。それでねえ、おまかせしようかとなったんでございます。でも、よろしかったんですか？　せっかく許婚《いいなずけ》のお嬢様とのお食事でしたのに」

鈴子はもう半分、話を聞いていなかった。孝冬のすぐうしろに、十二単の上臈が姿を現していたからだ。上臈は伏し目がちに微笑を浮かべている。その身にまとう豪奢《ごうしゃ》な衣がよく見えた。緑の唐衣《からぎぬ》の地紋は亀甲、さらに金泥で地紋を彩り、その下の表着《うわぎ》は紫に唐草文様の綾の袷、紅の打衣《うちぎぬ》、淡い紫から白の袿《うちき》を重ねている。薫香のにおいが濃く漂っていた。

——淡路の君。

鈴子はぞくりと肌が粟立《あわだ》ち、胸のあたりが冷えた。淡路の君は微動だにせず、うつむいたままだ。

「鈴子さん——鈴子さん」

孝冬に呼ばれていることに気づいて、はっと鈴子は彼に目を移す。孝冬は微笑を浮かべていた。淡路の君のような。

「そういうわけですから、今日はおつきあいさせてしまって、すみません。どうしても日にちの都合がつかず」

「いえ——」

孝冬の言っていた『お願い』というのは、これにつきあわせてしまう、ということか。

「金山寺屋でござーい」

声がすぐ下で聞こえた。淡路の君が、ゆっくりと顔をあげる。鈴子はなにか考える前に、窓のほうに身をのりだしていた。

「——金山寺屋さん！」

呼び声をかける。すぐ下の路地に、箱車を曳く男が見えた。日よけの笠をかぶっており、顔は見えない。鈴子の声に、男は足をとめた。笠をくいとあげて、上を向く。五十がらみの、半白の頭を短く刈り込んだ男の顔が見えた。

「へい、毎度」

男は鈴子を見て、よく陽に灼けた顔でくしゃりと笑った。

「味噌をくださいな。すこし待って。そちらに下りてゆくから」

言うや否や、鈴子は立ちあがり、部屋を走り出た。目をみはる孝冬も、あっけにとられた顔のおかみも無視して。

階段を駆け下り、店の女中に「お椀を貸してくださる？」と言って椀を借りると、店の下駄を突っかけ、路地に出る。男は待っていた。藍木綿の印半纏《しるしばんてん》に腹掛け、三尺帯をきりりと締めて、紺の股引をはいている。足もとは素足に草鞋《わらじ》だった。

鈴子は肩を上下させて、男の前に歩み寄る。男は毎日車を曳いて歩くからか、がっしりとしていたが、表情はやさしかった。若い娘を見るまなざしがやわらかいのは、己に娘がいるからか。

「お味噌を……」

息を整えながら言えば、男は笑い、箱車の抽斗のひとつを開ける。箱車は抽斗つきの箱を乗せた車で、それぞれの抽斗のなかに、金山寺味噌やら漬物やら煮豆やら、種々の品が入っているのだ。男の開けた抽斗のなかには仕切りがあり、金山寺味噌のほかにも、茄子の辛子漬けや梅干しがあるのが見えた。どれもおいしそうだ。男は箸をとり、椀に金山寺味噌を入れてゆく。味噌の甘いにおいが、ふうと漂った。

「……お嬢さんが、お嫁入りなさるそうで……おめでとうございます」

「へえ、ありがとうございます」

男は照れたように笑う。

「男手で育った娘ですんで、どうもがさつでいけませんが、きれいな簪のひとつでも挿せば、ちっとはしとやかに見えましょう」

「それなら、お祝いにわたしのほうから簪をお贈りしましょう。わたしは赤坂の瀧川鈴子です。瀧川侯爵家の娘です。よい簪をご用意いたします。きっとお約束します」

鈴子は言いつのった。

「へえ、それはありがたい」

男はやさしげな目を細め、頭をさげた。「よろしくお頼み申します」

さしだされた椀を受けとると、男の姿は消えた。味噌のにおいも、箱車も、霞が薄らぐように消えていった。椀のなかには、味噌もなにも残っていない。

「鈴子さん」

孝冬の声に、ふり返る。孝冬はかすかな笑みをたたえて、鈴子を見ていた。淡路の君の姿はない。

「成仏してしまったな……」

男がいたあたりを眺めて、孝冬はつぶやく。

「申し訳ございません」

鈴子は謝る。あれは、淡路の君に捧げられる幽霊だったのだ。

「いえ、いいんですよ。どのみち、上臈の好みではなかったようですから」

「好み？　好みがあるのですか」

「ありますよ。恨みつらみの濃い、苦しむ亡霊が好きなんですよ、あの上臈は」

「さきほどの金山寺屋は、そうではなかったと……」

「あれは、死んだあとも娘の簪を買うために売り歩いていたんですよ。でも、見えない幽霊から買う客はいませんね。だからいつまでも売り歩くしかなかった。それをあなたが、簪を祝いに贈ると約束したから、気が済んだんですよ」

死んでからも、簪を買うために――。鈴子は手を握り合わせる。

「……よい簪を、用意しないと。約束しましたから」

「それは私のほうで用意しましょう。娘さんに届ければいいでしょうね」

「お嬢さんの居所、ご存じなのですか」

「いえ、知りませんが、調べればわかりますから」

「はあ……」

記者にでも調べさせるのだろうか。当時の事件は記録に残っているだろうから、そう難しいことでもないのか。

「あの……届けるときは、わたしもご一緒してもかまいませんか」

「もちろん。約束したのは、あなたですからね」

鈴子はほほえむ孝冬の顔を見あげる。さきほど、淡路の君にあの金山寺屋の幽霊が食われてしまうと思ったら、鈴子は思わず体が動いていた。脳裏には、前に食われた芸妓の亡霊の姿が浮かんでいた。

――あれを、見たくなかったのだ。

だが、孝冬はあれが役目なのだ。あれをしなくては、祟られる。

複雑な思いで、鈴子は握り合わせた手を見おろした。

後日、孝冬が用意した簪は日本髪に挿す造りの古風な彫金で、蕾が開きはじめた牡丹を象った細工だった。なんといっても牡丹が美しい。花弁一枚一枚が風に震えているかのように繊細に翻り、いまにもゆっくりと蕾を開いてゆきそうだった。彫聖と称えられる明治の彫金師・加納夏雄《かのうなつお》の作と言われても納得する出来である。

「美しい牡丹でございますね」

簪が収められた箱を開いた鈴子は、心から感嘆した。「よい彫金師をご存じなのですね」

異母姉たちがこれを見たら、惚れ込んですぐさま注文するに違いない。

「これは、知り合いの彫金師の師匠の作なのですよ。事情を話して譲っていただきました。――牡丹はお好きですか？」

「ええ、花は好きです」

「いちばん好きな花は？」

「さあ……」

ふいに問われると、答えに窮する。

「百合はお好きでしょう？『白百合』の香りがします、『フロラ』の」

「よくおわかりになりますね」

鈴子は袂を押さえた。印香の『白百合』を、鈴子はハンカチをしまってある抽斗に入れている。そうするとほのかに香りが移って、ハンカチを使うさいに、いいにおいがするのだ。

「使っていただけてうれしいです。お気に召しましたか」

「ええ……」

気に入ったとかどうとかより、使ったほうがいいだろう——と思ったのだ。孝冬の妻になるのだから。

決まったからには、それなりの行動をとらねばならない、と鈴子は思っている。至らぬことがあって恥をかくのは、瀧川家である。瀧川家には貧民窟から引き取って育ててくれた恩義があるし、千津たちに迷惑をかけたくはなかった。

着物の袂からハンカチをとりだす。『白百合』の香が淡く漂った。白いレースのハンカチで、隅に『花印』と鈴子のお印が縫い取られている。顔をあげると、孝冬は窓のほうに目を向けた。目をそらしたように思えた。気のせいだろうか。

「……『松印』の件ですけれど」

鈴子は孝冬の瞳をうかがう。

「協力してくださるのですよね？」

「ええ、もちろん」

孝冬は即答し、微笑した。型どおりの笑みだ。内心のうかがい知れない彼のこの笑いかたが、鈴子は好きではない。

「口約束では、ご不満ですか」

「いいえ。念書を書いていただいたところで、仕方ありません。罰則なんてないのですから」

「罰はあるでしょう。あなたから信用されなくなる。それはいやですから」

「いまは信用されているとお思いなのですか」

孝冬はおかしそうに笑っている。こういう笑いかたは、好きだ、と思う。そう思ったことが妙に気恥ずかしくて、鈴子は目を伏せた。

テーブルに蜜豆が運ばれてきて、鈴子は簪の箱を孝冬に返す。ふたりは銀座の蜜豆屋にいた。蜜豆というと昔は子供向けに呼び売りが売り歩いた屋台のおやつだったが、明治後半にモダンに改良されて人気を博した。銀の器に赤えんどう豆、寒天、求肥、杏の甘煮、それからパイナップルやオレンジなどのフルーツが盛られており、食べるときは黒蜜をかける。蜜の甘さと赤えんどう豆の塩味がほどよく、美味である。

甘味の店とあって、店内は若い娘とご婦人がたで占められている。そのなかで孝冬は、美しい容姿もあいまって、かなり目立つ。が、当人はまったく気にするふうがない。注目されることに慣れているのだろう。鈴子はといえば、こちらも千里眼少女のころから衆目を集め慣れている。ことに令嬢となってからは、身にまとう豪奢な着物に女性たちの熱い視線を感じるようになった。贅を尽くした着物には、そうした引力がある。

今日の着物は藤紫の総絞り、帯は象牙《ぞうげ》色の地に藤を刺繡したもの、そこに濃紫の紋紗地に杜若《かきつばた》を描いた友禅の羽織を合わせている。帯留めは翡翠を用いて孔雀の羽根を象った彫金、羽織紐は芥子真珠を連ねたものである。選んだのはタカだ。ひかえめな宝石の輝きと、華やかながら品のある着物の彩りが、鈴子の涼やかな白皙の面を際立たせていた。

「あなたの花嫁姿は、さぞ美しいでしょうね」

孝冬は鈴子を眺めて、しみじみとした口調で言った。鈴子は、蜜豆を頰張っているこの姿を見てよくそんな言葉が出てくるものだと思ったが、黙って黒蜜のかかった寒天を口に運んだ。この寒天の舌触りもまたいいのである。

花嫁といえば——と、鈴子は手をとめる。

「お式は、どこで挙げるのでしたか。わたし、聞いておりましたでしょうか」

まさか淡路島の神社ではないでしょうね、と異母姉が言っていたのを思い出したのだった。

「ああ。花菱では、昔からちょっとした儀式があるだけです。仰々しい、今風の神前式というのはありませんよ」

「『ちょっとした儀式』とおっしゃいますと」

鈴子は疑わしい思いで孝冬の顔を見る。

「なにをお疑いですか。ほんとうにものの数分で終わる作業ですよ。なんなら今日、これからの用事がすんだらやりましょうか」

「今日？」

「儀式は私たちふたりだけで、麴町の屋敷で行いますので、すぐできます。両家の立ち会いなんかもいりません」

「……いきなりそう言われても……」

鈴子は当惑する。今風の神前式ではなくとも、祝言だったりほかのやりかただったりで、なんにせよ両家の親族がそろった式があるものだと思っていたのだ。

「それとはべつに神前式をやろうと思えばやれますが。おやりになりたいですか？」

訊かれて、鈴子は首をふる。――それは面倒くさい。披露宴だって面倒なのに。

そう考えれば、すぐ終わる儀式というのは、面倒がなくていいのか。

鈴子の思考の移ろいを完全に理解した様子で、孝冬はにこりと笑う。

「では、今日」

孝冬の思惑どおりに事が運ばれるのが癪で、鈴子は逆らうように「でも、ちゃんと用事がすんでからです」と釘を刺した。

「ええ、そうですね」と孝冬は鷹揚《おうよう》にうなずく。

「受けとっていただけるといいのですが」

簪の入った箱を眺めて、孝冬は言った。

用事とは、金山寺屋の娘に簪を渡すことだ。金山寺屋がなんという氏名で、どこの居住で、娘がどこに嫁いだか、といったことを、すべて、孝冬は調べあげてきた。どうやって調べたのか訊きたいような、訊かずにおいたほうがいいような、鈴子はそんな心持ちで、結局訊かなかった。

娘は塩井《しおい》ろくといい、芝区の二本榎《にほんえのき》に住んでいた。夫は瀬戸物商だそうだ。芝には寺が多く、赤穂《あこう》浪士で有名な泉岳寺《せんがくじ》もここにある。芝高輪あたりには東宮御所や華族の邸宅があるいっぽう、北のほうには新網町といって下谷《したや》万年町、四谷鮫ヶ橋に並んで大きな貧民窟がある。江戸のころには街道沿いの高輪海岸に茶屋が軒を連ね、岡場所となっていた地域でもある。二本榎町は高輪にあり、塩井家は泉岳寺にほど近い一角にあった。こぢんまりとした家ながら、門構えからも庭の様子からも、きちんと手入れされた清潔な雰囲気がある。近くに車をとめて、鈴子と孝冬はその家に向かった。だが、門の手前で鈴子は立ち止まる。門の前に、ひとりの婦人がうなだれ、佇んでいたからだ。黒紋付きの羽織に地味な茶の着物、丸髷の後ろ姿からは、倦み疲れた陰鬱さが漂っている。

「鈴子さん、あれはだめです。ひとまず用事をすませましょう」

孝冬が鈴子の背に手を置く。それで鈴子はあの婦人が生きている者ではないと悟った。

孝冬にうながされ、門をくぐる。うつむいた婦人は鈴子たちを一顧だにしない。暗い影が顔を覆っていた。婦人は門のうちに入ってくる様子がなく、ただそこに立っているだけのようだった。

――なんだろう……。

彼女は何者だろう。どうしてここに。

疑念を抱くも、金山寺屋との約束を果たすのがさきである。玄関先に現れたろくは、三十過ぎの小綺麗な女性で、勝ち気そうな目が印象的だった。

孝冬は訪問の理由を、『祖父が金山寺屋の味噌を贔屓にしており、ろくが嫁ぐさいに簪を贈る約束をしていたのだが、約束を果たす前に祖父は死んでしまい、自分たちも事情を知らなかった。最近になってその旨を記した祖父の書き付けを見つけ、その遺志を引き継いで約束を果たしに参った次第である』というように説明した。

「あらまあ……」とろくは驚いていたが、鈴子と孝冬を座敷に通して、茶を出してくれた。

「わざわざ、すみませんねえ。そんな約束、あたしはちっとも知りませんでした」

「あなたのお父上が売りに来るのを楽しみにしている客は、多かったようですよ。味がよくて、旗本の出だからと威張ったところもなくて、愛想のいいかただったと聞いてます」

孝冬の言葉に、ろくはうれしそうなところが半分、さびしげなところが半分といった表情をした。

「ほんとうに、贔屓にしてくださるいいお客さんが多くて、父が死んだときも助けていただきました。あたしひとりじゃ、とてもとても……」

「お父上も、花嫁姿をごらんになりたかったでしょうね」

孝冬はしんみりとした口調で言い、袱紗の包みを開いて、簪の箱をさしだした。

「お気に召すといいのですが」

箱を開けたろくは、目をむいた。あわてて蓋をして、孝冬のほうに戻す。

「こんな、とんでもない上等な……！　いただけません、さすがに。挿してゆく場所もありませんし」

「お嬢さんはいらっしゃいませんか」

「ひとりおりますが……」

「では、お嬢さんが嫁ぐときにでもお使いになってください」

ろくは喜びを通り越して困惑している。「でも……」

「私の祖父のためとも思って、お納めください。贈るのが遅れてしまって、祖父は草葉の陰でずいぶん立腹しているでしょうから」

さすがに口がうまい。ろくはようやく笑い、箱を引き寄せた。

「わかりました。娘のためにとっておきます。いまになって、こんなありがたい贈り物をいただくなんて」

「お父上の人徳でしょう」

ろくはうつむき、すこし目もとをぬぐった。

「ありがとうございます。……父はあたしのために、夜遅くまで商売をして、それであんな目に……ああいう仕事ですから力はあって、酔っ払いを投げ飛ばすくらい、わけなかったんですよ。でも、商売人だったから……それにいざこざを起こして、あたしの嫁入りに差し障ったらって、きっと思ったんでしょう。殴り返してくれてよかったのに。死んでしまうくらいなら、やり返してくれたらよかった。それで縁談が壊れたって、かまいやしなかったのに」

耐えきれなくなったように、ろくは顔を覆った。肩が震えて、嗚咽が洩れる。鈴子も、口のうまい孝冬でさえ、かける言葉などありはしない。障子を開け放した座敷に、風が吹き込み、通り過ぎていった。どこかで子供たちの遊ぶ声が聞こえる。寺の境内で遊んでもいるのだろうか。そこにろくの娘も交じっているのだろう。光がこぼれるような、明るい声だった。

仏壇に手を合わせてから、鈴子と孝冬はろくの家を出た。門の向こうには、まだあの婦人が立ち尽くしている。あれはいったい誰なのか、ろくに遠回しに訊くこともできなかった。うなだれる婦人の横を過ぎ、路地に出る。ふり返り、婦人の痩せた肩を見つめた。

「……誰なんでしょう」

つぶやくと、それに答えたのは、孝冬ではなかった。

「あのひとはねえ、気の毒な奥様よ。ああしてずうっと謝りに来るんだものねえ、お気の毒」

甲高い調子外れの笛のような声が頭上から響いて、鈴子はぎょっと仰ぎ見た。寺の石塀の上から女の顔が半分ほど、のぞいている。丸髷を結った女で、笑った目が三日月のような弧を描いていた。

女は、両手で塀にしがみついていた。尋常ではない。塀は孝冬の頭より高く、ちょっとやそっとでのぞき込めるようなものではなかった。

孝冬が鈴子を引き寄せ、背にかばう。

「鈴子さん、あれはだめです」

それは門の前に立つ婦人のときにも言ったことだった。

——亡者なのだ。

「目を合わせないように」

そう言われて、鈴子は下を向く。かさかさ、と壁を虫の這うような音がした。目を動かして音の出所をさぐると、塀の壁を、女が這っていた。悲鳴をあげそうになるのをなんとかこらえた。

かさかさ、かさかさ、と手足を動かして、女が這う。縞銘仙の裾がはだけて、桜紅葉の柄の赤い襦袢が見えていた。

「あれはねえ、山の手の奥様なのよ。亭主が酔っ払って呼び売りの男を殺しちまって、その娘のところにああして謝りに来てるのさ。気の毒だよねえ。あの奥様だって、酒癖の悪い亭主に殴られてたってのに。でも新聞じゃ、もと芸妓だからってずいぶんひどい書かれようでねえ、まるであの奥様が悪いように世間では言ってねえ、お気の毒。かわいそうなのは娘さんさ、好いた男との仲もだめになって、かわいそうに、浅草の十二階から飛び降りて死んじまったんだよ」

　かわいそうにねえ、と言いながら、女は口が裂けんばかりに笑っている。甲高い哄笑が聞こえるようで、鈴子は耳をふさぎたくなった。

「奥様はそれでも謝るために死ぬわけにもいかなくって、病気になって、倒れて死んじまったいまも、ああしてずうっと謝りに来てるんだよ。生きてるのはとうの亭主だけって、ねえ、皮肉なもんだよねえ。ああいうのは死なないんだよねえ」

　その場に立っていられぬほどの寒気がして、鳥肌が立つ。これはもはや、亡霊とも言えない、化け物なのだろうか。

「鈴子さん、耳をふさいでもかまいませんよ。ああいうものは、上﨟の好みですから」

　問い返す間もなく、ふわりと香のにおいがした。清冽なあの香り。鈴子の目の前に、淡路の君が現れた。

　淡路の君は、すべるように動いて、女の丸髷をつかんだ。ぎゃっ、と女の悲鳴があがる。淡路の君の衣が、長い髪が、ふわりと広がった。つぎの瞬間には、女の頭は消えていた。淡路の君の手が宙をさまようように動き、女の腕をつかむ。そうすると、上半身がもげるようにして消えた。最後にはだけた銘仙の裾からのぞく脛《すね》をつかむと、下半身もすっかり消えてしまった。淡路の君の美しい髪が、つやを増して波打つ。ふり返った彼女は、唇を吊り上げて笑みを浮かべていた。

するりと孝冬のほうに戻ってきて、絡みつくように両腕で彼の頭を抱え込む。その姿は煙となって薄れ、溶けて消えた。あとに残ったのは、薫香のにおいのみ。

鈴子は胸を押さえる。消える瞬間、淡路の君は鈴子を見て、嘲るように笑った。

「ご気分がすぐれませんか」

孝冬の声に、鈴子ははっと顔をあげた。

「あまり気持ちのいい光景ではありませんからね。亡霊を食う姿など。見なくたっていいんですよ、あなたは」

「いえ……」

鈴子は女の這っていた塀を眺めた。

「さきほどの、あれは……あれも、亡霊なのですか」

孝冬も塀に目を向ける。「あれは、もはや『魔』とか『魔物』とか呼ぶにふさわしいものでしょうね」

「魔……」

鈴子は女の姿を思い出す。あれは、背筋が凍るような、本能的な恐怖と嫌悪感を呼び起こすものだった。

——じゃあ、あの幽霊は？

と、鈴子は門をふり返る。だが、そこに佇んでいた婦人の幽霊はもういなかった。

「……さっきのあれが言っていたとおり、あのご婦人は金山寺屋を殺した犯人の奥方ですよ」

孝冬が言った。

「ああいうものは虚実織り交ぜてしゃべり散らしますから、まともに耳を傾けないほうがいいのですが。まあ、今回のはほぼ事実ですね」

「ずっと謝りに訪れて、娘さんは自殺した……？」

「ええ。ただ、娘さんが浅草十二階から飛び降りたというのは嘘ですね。たしか、首吊りだったはず」

「……どこからそんな話を……？」

孝冬は微笑を鈴子に向けた。「知りたいですか？」

「いえ、べつに」

「記者ですよ。ろくさんのお宅も彼から聞きました。ついでに、べつのお宅も聞いてますよ」

「べつのお宅？」

「あの婦人の住んでいた家です」

――それを知って、どうするのだろう。

と思ったら、孝冬は車のほうへと歩きだした。

「行きましょうか」と言う。どこへ、など訊かずとも、話の流れからして、ひとつだ。

「あの婦人のお宅へ」


車はしばらく大通りを走っていたが、孝冬の指示に沿って進むうち、入り組んだ細い道へと変わってゆき、しまいには「これ以上は、車では進めません」と運転手に言われた。ふたりは車を降りて、路地を歩く。あたりは下町の風情があり、狭い路地は半分ほどが上に板を渡しただけの溝に占められて、なおのこと歩ける幅は狭い。そこに面して棟割長屋がぎゅうぎゅうに詰め込まれている。路地には七輪が出されていたり鉢植えが並んでいたりするので、ぼんやり歩いているとつまずいて転ぶ。そこここで赤ん坊の泣き声や子供たちの遊ぶ声、むずかる声が響き渡り、騒々しい。先日の雨のせいか、溝からすえたにおいがただよっていた。概して貧民窟ほどひどくはないが、静けさと清潔感にはとぼしいところである。場違いな風体の鈴子と孝冬に、小さな稲荷の社で遊ぶ子供たちや、共同水栓のかたわらで洗い物をしている女性たちから遠慮のない視線が向けられていた。

孝冬は路地の一角で足をとめる。長屋の戸のひとつに、空き家の貼り紙がしてあった。

「もしかして、ここが？」

「そうですよ」

「どうして空き家なのかしら……」

昨今は市内の人口が増えるいっぽうで、住居はまるで足りていない。中流の暮らし向きであれば山の手の家を借りて住む、というのがひとつの憧れであるそうだが、庶民はやはり長屋暮らしがふつうである。働き手は地方からも続々流入しているのだから、長屋など本来ならすぐ埋まるはずだ。

「幽霊が出るからだそうですよ」

幽霊――それは、あの婦人の幽霊か。

「詳しい話を訊いてみましょうか」

孝冬はそう言って、うしろをふり返る。共同水栓のそばで盥《たらい》を前にしゃがみ込み、じろじろとふたりを眺めていた女性たちが、手をとめた。孝冬は迷わずそちらに歩いてゆく。鈴子もそのあとに従った。

「すみません、奥様がた。あちらの空き家のことで、少々お尋ねしてもかまいませんか」

ものやわらかな口ぶりと微笑に、三人いた女性たちはいずれも誰からともなく前掛けで手をぬぐい、腰をあげた。縞木綿を着て、手拭いを姉さん被りにした、中年女性たちである。

「知人が長屋を借りたいと言っているので、よさそうなところをさがしているのですが、あの部屋はどうです？」

孝冬の質問に、三人はいずれもかぶりをふった。

「だめだめ、あそこはやめといたほうがいいよ」

「これまでも何人かいたけどね、借りたひとは。でもさ、幽霊が出るって言って、みんなすぐ出てっちまったよ」

「そりゃそうだよね、いわくつきだから」

三人が口々に言う。かしましい。

「『いわくつき』とおっしゃいますと……？」

孝冬は素知らぬ顔で尋ねる。三人は顔を見合わせ、それぞれが『あんたが言いなさいよ』という表情をしていた。いちばん年かさらしい女性が口を開く。

「奥さんと娘さんが住んでたんだけどさ、娘さんが死んじゃってね。奥さんのほうも、そのあとを追うみたいにして死んじゃったんだよ」

「娘さんは、あれよ、十二階から飛び降りたんでしょ。で、奥さんは病気」

「え？　奥さんは首を吊ったんじゃなかった？　あたしはそう聞いたけど」

近所でも情報は混乱しているらしい。孝冬は、「十二階からの飛び降りはないでしょう」と言った。

「そうなの？　なんでだい」

「十二階からの身投げで死んでいるのは、いまのところ三人だけです。明治四十二年に、つづけざまに三人。二十六歳の男性と、十六歳の少女と、三十歳の女性ですよ」

「そんなら違うね」と年かさの女性が言う。「あの娘さんは十八歳だったし、死んだのもその年じゃなかったよ」

この女性が最も記憶がたしかなようだ。

「十二階っていっぱいひとが死んでるんじゃなかったっけ？　新聞にもそう載ってるって、うちの亭主が言ってたよ」

横合いからべつの女性が口を挟む。

「『十二階物語』と銘打った連載記事かな。十二階を『死の塔』と呼んで。すこし前に連載されていましたね。あれはでたらめばかりですよ。困ったものだ」

鈴子はその新聞記事を知らない。世界戦争からこっち、新聞は薬品や化粧品の広告がうんと増えて、内容もより通俗的になったような気がする。

「でたらめ？　いやだ、ほんとに？　すっかり信じてたよ」

「でも娘さんが自殺だってのは、たしかだよ。じゃあ、娘さんのほうが首吊りじゃないかい」

「奥さんは病気だね。あの奥さんは自殺しやしないよ」

断言する年かさの女性に、ほかのふたりが「なんでさ」と声をそろえた。

「謝らないといけないから死ねないって言ってたんだよ。あたしは、もうやめときなって言ったんだけどさ。聞きゃしなかったね」

「そうか、きみさんはあの奥さんと結構仲よかったっけね」

「仲いいとまではいかないけどさ。見てらんなかったからね。骨と皮みたいになってんのに、黒紋付きの羽織着てさ、高輪まで出かけるんだから。向こうだってさ、来られたところでいい迷惑だろ」

『きみさん』と呼ばれた年かさの女性は、孝冬のほうを見あげて、

「あの奥さんはさ、亭主が酒飲みのろくでなしで、酔っ払ってひとを殺しちまったんだよ。それなりに偉い官員で、昼間はちゃんと働いてたらしいけど、家のなかでは酒飲んで奥さんを殴ってたんだよ。それまで隣近所も亭主が酒乱だって気づかなかったらしいから、相当外面がよかったんだね」

「ひどい話だよねえ。この辺にも酒飲みのひどい亭主はいるけどさ、見りゃわかるからね。昼間っから飲んでるんだから」

「でもあの奥さんって、もと芸妓で、官員の奥様に収まったはいいけど、浪費家なうえに浮気してたって話じゃなかったっけ？」

「いや、あの奥さんはそういうひとじゃあなかったと思うけどね。気弱な感じでさ。だから亭主の言いなりだったんだろ。あたしからすりゃ、さっさと別れてりゃよかったのにと思うけどね」

「そうだよ、そんなひどい亭主なら別れりゃよかったんだよ。そうしなかったのは官員の奥様でいたかったからだろ」

「それに、奥さんがもっとちゃんと亭主の酒癖を諫《いさ》めてりゃさ、他人様を殺すはめにもならなかったんじゃないの？」

――まるで悪いのは奥方のほうであるかのようだ。

鈴子は胸が痛くなってくる。あの婦人の憔悴しきった背中を知っているからだ。

脳裏には、さきほどの『魔』の女が浮かんでいた。虚実入り混じった噂話、それを楽しげにしゃべり散らす――。

「鈴弁《すずべん》殺しを思い出しますね」

黙って女性たちの話に耳を傾けていた孝冬が、ふいに言った。女性たちは、「え？」と訊き返す。

「ほら、ちょうど一年くらい前に、あったでしょう。鈴弁殺し。農商務省の官員が商人を殺して――」

「ああ、あれ！　あったねえ。バラバラにして川に捨てたってやつ」

その事件は鈴子もよく覚えている。ずいぶん世間で話題になった。大正八年の六月はじめ、信濃《しなの》川で遺体の一部が詰められたトランクが発見されて、騒然となった事件だ。野球のバットで殴り殺したうえに遺体をバラバラにするという凄惨さはもとより、犯人が農商務省の官員だったことも、話題を大きくした一因だろう。動機は被害者への借金だった。被害者の名前をとって『鈴弁殺し』と呼ばれている。犯人にはその年の暮れに死刑判決が下された。

「あの事件も、官員の奥方がなんやかやと責められていました。気の毒でしたね」

女性たちは顔を見合わせ、やや決まり悪そうな表情をする。

そのとおりで、事件があまりに衝撃的なものであったために、犯人だけでなくその家族も連日、新聞でああだこうだと好き勝手に書き立てられていたのだ。犯人の母親が妓楼の娘だっただの、妻の世帯持ちが下手だの犯行時に家を空けていたのが悪いだのと非難されているのには、鈴子もいやな心持ちがして、以来新聞をさして読まなくなった。

「いえね、私の知り合いに記者がいまして、当時ずいぶん義憤に駆られておりましたので――商業主義に走って、あんなくだらない、ひとを傷つけるばかりの記事を載せるようになったと」

『商業主義』がいまいちわからなかったのか、女性たちはピンとこない顔をしていたが、居心地悪そうに足もとの洗い物を片づけだした。

「とにかくさ、あの部屋はやめたほうがいいよ、旦那」

「そうですか。どうもありがとうございます。お邪魔しました」

孝冬は愛想のいい笑みを浮かべてきびすを返す。結局、鈴子はひとことも発しなかったが、女性たちの会話には口を挟む隙がなかったし、なにを言っていいのかもわからなかった。彼女たちの会話は、華族の話しぶりと違うのは当然だが、貧民窟のそれともまた違った。

「賭け事、酒、噂話。どうして過ごすとだめなものほど、ひとは夢中になるのでしょうね。依存させるものがあるのでしょうが。懐が痛まないぶん、噂話がいちばんたちが悪い」

と、孝冬は歩きながらつぶやいた。

「それを新聞が率先して煽っているのだから、始末に負えませんよ。新聞もずいぶん変わった。——というのは、その記者の弁ですがね」

孝冬は鈴子に笑みを向ける。鈴子はその顔を眺めた。

「あなたはどうお思いになるの？」

鈴子にそう問われたことに、孝冬はちょっと驚いた顔をしていた。足をとめる。

「私には、主義も主張もないんですよ。水のようなものです。いつでも流されるまま、ここまで来ましたから」

そのあと孝冬はなにか言いかけて、しかし口をつぐんだ。

鈴子はふたたび話しかけようとして、はっと長屋のほうを見る。

すう、と影が空き家の戸の前に現れた。黒い黴《かび》のようなそれは、静かに動いて、路地の入り口のほう——鈴子たちのほうへと向かってくる。鈴子は思わず脇にのいた。影はすこしずつ、女の姿を形作る。うなだれた、黒紋付きの羽織の女。ろくの家の門前で見た、あの婦人だ。

彼女はうつむいたまま、ゆっくりと鈴子のそばを通って、長屋の路地から出てきた。陰鬱な翳をまとい、歩いてゆく。ろくの家へと向かおうとしているのだろうか。あの亡霊は、くり返し、くり返し、いつまでもそうしているのだろうか。

孝冬が婦人のあとを追うように、歩きだした。鈴子もそれにつづく。

「あれはもう、魔の一歩手前ですよ」

鈴子をふり返ることなく、孝冬は言った。

「ああなっては、言葉は届きません。ただ来る日も来る日も、謝りに行くだけです。そのうち、あの門の前で禍《わざわい》をなす怨霊と化すでしょう」

「そんな……」

——それでは、あまりにも酷い。

孝冬が立ち止まる。彼の体から湧き出るようにして、淡路の君が姿を見せた。

——食うつもりなのだ。

哀れな婦人の亡霊を。

鈴子は香りの強さにむせそうで、手で鼻を覆った。孝冬がちらと鈴子をふり返り、体をずらした。鈴子からは、淡路の君も婦人の亡霊も見えなくなる。

「あなたは見なくていいのですよ、鈴子さん」

孝冬の声は、ひどくやさしかった。

「すぐ終わりますから」

鈴子は孝冬の背中を見つめる。彼は淡路の君が亡霊を食うところを見ている。いつも見ている。行き場のない、苦しみしかない亡霊が消えるところを。

惨いのだろうか。それとも、救いだろうか。

——このひとは……。

孝冬がふり返った。

「終わりましたよ」

鈴子は彼の顔を見あげた。かすかに笑みをたたえたその顔からは、感情がうかがえない。

だが——。

「……いま、どういうお気持ちでいらっしゃるの？」

孝冬は笑みを消し、まじまじと鈴子を見つめた。

「さあ……よくわかりませんね」

鈴子はふいに、胸を衝かれる思いがした。

「あなたは、かなしんでらっしゃるのだと思うわ。食われることでしか救われない亡霊に、胸を痛めておいでなのよ」

孝冬は苦笑した。

「鈴子さん、私はそんな殊勝な性格をしていませんよ」

「ご自分のお気持ちもおわかりでないくせに、どうして性格がこうなどとわかるのですか」

孝冬は返答に窮したようで、口を半開きにしたままになる。

「わたしは、ほんのすこしですけれど、あなたのことがわかってきたように思います。それでもたぶん、あなたよりは、あなたのことが見えているのではないかしら」

鈴子は言って、孝冬のかたわらを通り、路地のさきへと歩きだす。路地には婦人の亡霊も、淡路の君もいない。幽霊が出ると言われたあの部屋も、そのうち借り手がつき、新しい住人が入るのだろう。哀れな婦人がいた記憶は、いつまで残るだろうか。

「鈴子さん、鈴子さん」

孝冬が大股で追いかけてくる。「これから約束どおり、花菱の屋敷へ向かいましょう」

約束だったろうか、と思いながらも、鈴子は「はい」とうなずいた。

「儀式がすんだら、あなたはもう花菱家の嫁ですから――」

孝冬はほほえんだ。

「一緒に暮らしましょう」

車が花菱邸の門を入ると、前とおなじ家従が玄関前で待っていた。車から降りた孝冬は、その家従に「『汐月《しおつき》の間』に炭団《たどん》を持ってきてくれ」と告げる。孝冬は鈴子の手をとり、車から降ろすと、「では、行きましょうか」と屋敷のなかへとつれていった。以前、足を踏み入れた一室に案内される。

「ここが『汐月の間』です。名の由来は香木の銘からです。『汐の月』という銘なんです。淡路の君が取り憑いている香木ですよ」

室内へ入れば、やはり香の強いにおいで満ちていた。

「香木自体は、淡路にあります。神社に。ここにはそれから削りとった欠片を置いていて、なくなれば都度、淡路にとりに行く。そういう形になっています」

中央に香炉をのせた台があるのも、前と変わらない。違うのは、香炉だ。色絵のものから、青磁に替わっている。

「これは砧《きぬた》青磁の香炉。青磁は大陸のものがいいのですが、なかでも最上のものが『越《えっ》州《しゅう》』で、この国に渡ってきた『越州』のうち最上品が『東山御物砧の花生《ひがしやまぎょぶつ》』。ですので、この種のものを『砧手《きぬたで》』と呼びます——面倒でしょうけれど、知っておいてください。淡路の君は上等のものが好きなので」

そう言うだけあって、香炉は美しい色合いをしていた。淡い、青みを帯びた緑の色は、春の空のようでもあった。

「香炉は別室に保管庫がありますが、香を薫く道具類はだいたいここにあります。あちらに——」

と、孝冬は壁際の棚を指さす。袋戸のついた棚で、天板に盆がのせられており、下には箱が置かれていた。袋戸には桜に雉《きじ》、雪に鷺など、四季の花鳥が描かれている。孝冬は棚に歩み寄り、盆を横にずらすと、そこに箱を置いた。梨子地に花菱紋を描いた蒔絵《まきえ》の美しい箱だ。蓋には紐がかかっている。孝冬は紐をほどいて、蓋をとった。内側には竹の皮が張られている。なかに入っているのは、きれいな布袋や、いくつかの小さな蒔絵の箱だった。

孝冬は箱をひとつ手にとり、なかから紙の包みをとりだす。「これは香包。刻んだ香木の欠片が入ってます」

包みの表には波濤《はとう》と月の絵が描かれ、『汐の月』という銘が記されている。

「香木のにおいが移るのを防ぐために、こうして包んでいるのです。二重に包んであるんですよ。竹紙という紙で包んで、それからこの絵の入った紙で包む」

竹紙というのは、薄い竹皮に紙を裏打ちしたものだという。

孝冬は香包を盆の上に置いた。

「香道じゃあないので、作法なんてありませんから、気軽に薫いてください」

え、と鈴子は孝冬の顔を見あげる。「わたしが薫くのですか」

「そうですよ。これから毎朝、香を薫くのがあなたの役目になります」

「『これから』って……明日からではありませんよね？」

孝冬は『儀式がすんだら一緒に暮らそう』というようなことを言ったが、いきなり明日からここで暮らせと言われても困るので、断った。

「あなたのお好きなときでかまいませんが、なるべく早くお願いします」

「はあ……」

「瀧川家の皆様には、私のほうからよく説明しますので」

「……あなたは外濠を埋めるのがお上手ですよね」

「将を射《い》んと欲《ほっ》すればまず馬を射よというやつですよ」

そのとき、扉がノックされた。「旦那様、炭団をお持ちしました」という声がかかる。入ってきた家従は、香炉のようなものをのせた盆を持っていた。孝冬がそれを受けとると、家従は去ってゆく。

「彼は由良といいます。若いですが古株です。なにか用事があるときは、彼に言いつけるのがいちばん早いですよ」

孝冬はそう言いながら中央の台に近づく。「すみませんが、ちょっと持っていてくださいますか」と盆を鈴子に持たせた。盆の香炉のなかには赤々と燃える炭団が入っていて、その上に網がかかっている。

「それは火取香炉です。火を運ぶための器です。香を薫く道具というのは、なにからなにまで優雅ですね。貴族文化という感じがします」

台の下に道具類を入れた筒があり、孝冬はそこから火箸をとった。火箸で火取香炉の網をとりのけ、炭団を挟んで灰のなかにうずめた。上から灰をかける。

「こうして灰をあたためて、その熱で香りを出すんですよ。焼いてしまうと、香木は焦げ臭くなってしまいますからね」

なるほど、と思いながら鈴子は孝冬の手もとを見ていた。孝冬の物腰はやわらかく優雅だが、手は意外なほどがっしりとしている。指が長く、爪がきれいな形をしていた。

「――わかりましたか？」

孝冬の声に、鈴子はわれに返る。手に見とれてしまっていた。灰があたたまり、あとはそこに香木を置くだけだった。

「案外、手順は簡単でしょう。灰をあたためて、香木をのせるだけ。でも、慣れないうちは火傷する危険がありますからね。ふたりでやりましょう。毎朝の日課として」

たしかにひとりではまごつきそうに思ったので、鈴子はうなずいた。

「では、はじめましょうか」

儀式のはじまりである。鈴子は息を吞み、香炉を見つめた。

孝冬はさきほどとは違う火箸で、灰の上に小さな香木の欠片をのせる。茶褐色《ちゃかっしょく》の木くずにしか見えない欠片だった。しばらくすると、香りが立ちのぼる。清冽で、深みのある、だがどこかさびしい香りだった。

香りは部屋いっぱいに広がり、満ちる。鈴子の髪に、肌に、しみこんでくるようだった。鈴子も孝冬とおなじように、その身からこの薫香が漂うようになるのだろうか。

——香りに絡めとられる。

そんな心地がした。

立ちのぼる細い煙が揺らぎ、十二単の女が姿を現す。淡路の君だ。白い瓜実顔に、黒い宝石のような瞳、小さな赤い唇。黒目がちの目が細められ、唇が吊り上がる。

淡路の君は、鈴子のほうに手を伸ばした。桜貝のような爪のさきが、鈴子に向けられる。煙がたなびいた。それはゆるやかに鈴子を取り巻き、まとわりつく。煙に縛られ、覆われる。

食われるようだ、と思った。花菱家の人間は、皆、この上﨟に食われるのかもしれない。囚われて、逃げられない。そういう呪いなのではないか。

鈴子は知らぬうちに、目を閉じていた。香りが強くなり、そっと目を開けると、淡路の君の顔が目の前にあった。悲鳴を吞み込む。

黒々とした瞳は洞《うろ》のようで、星ひとつない、夜の暗い海のようだった。白い肌は青い血脈の筋が透けて見えるほどで、唇は毒々しいまでに赤く、ひび割れていた。血の気のない唇に、無理に紅を重ねているのだ。

動悸がした。肌が粟立ち、背筋に冷たい汗がにじむ。恐ろしかった。いままで見た亡霊のなかで、いちばん恐ろしいと思った。

ちり、と足首にかすかな痛みが走る。淡路の君の笑みが深くなる。その表情のまま姿は煙となって霞み、薄らいで、消えていった。

膝が震えて、倒れそうになったのを、孝冬が抱きとめた。

「どこか痛みますか、鈴子さん」

鈴子は首をふる。膝だけでなく、総身が震えていた。

孝冬は鈴子をゆっくりとその場に座らせる。顔をのぞきこみ、「気分はどうです？」と心配そうな顔で問うた。

「大丈夫です……ちょっと……気が抜けただけで……」

「震えてますよ」

鈴子は孝冬の目を見返した。

「あなたは、怖くはないのですか」

そう問いかけると、孝冬はけげんそうな顔をした。

「淡路の君が……。わたしは怖い」

孝冬は鈴子を見つめる。その瞳に苦しみの色がよぎって、鈴子は凝視した。

「……すみません。鈴子さん。あなたを巻き込んだのは私です。あの日、あなたに会わなければ、淡路の君があなたを見つけることもなかった」

でも、と孝冬は視線を落とし、ふたたびあげる。まっすぐ鈴子を見た。

「あなたはもはや、花菱の人間です。淡路の君から逃れられない。――許してください」

孝冬の瞳には、さまざまに巡る感情があるように鈴子には思えた。それに苦しんでいる。

鈴子をただ巻き込んだというだけでない、なにか。

孝冬は鈴子を抱き寄せた。その大きな手からぬくもりが伝わり、鈴子を震えさせた恐怖がやわらぐ。

鈴子は、あの薫香がもはや孝冬からだけでなく、己からも香ることに気づいた。

ただ目を閉じて、その香りに包まれた。

＊

鈴子を乗せた車が門を出てゆくのを見送り、孝冬はきびすを返した。由良に「御子柴《みこしば》を呼んでくれ」と告げ、階段をあがる。御子柴は、家令である。孝冬は私室に入り、椅子に腰をおろした。

――『怖い』か……。

鈴子は、怖がらないと思っていた。物事に動じないひとだからだ。だが、そんな彼女でも淡路の君は怖いという。

いまさらながら、孝冬は花菱の家を呪いたい気持ちになった。

この家にいると、わけも知らぬまま父母に疎まれ、忌まれ、裏腹に祖父には溺愛された幼少期がよみがえってきて、孝冬を苛《さいな》む。『わけ』を知ったのは、祖父が死に、養子に出されることが決まったときだった。

――この家の息子でなかったら、俺はどんなふうに彼女と会っていただろう。

埒もないことを考える。たとえば、横浜の養い親の実子だったら。彼らはあたたかく孝冬を迎え入れ、家族のぬくもりを与えてくれた。彼らの息子だったらどんなによかっただろうと、いつも思っていた。

だが、そうだったら、おそらく鈴子と結婚することはなかっただろう。

深いため息をついて、目を閉じる。胸のうちをさまざまな思いがかき乱して、思考はまとまらず、感情は揺れ動いて静まらない。

目を閉じていると、暗闇のなかに、こちらをまっすぐ見つめる鈴子の姿が浮かびあがる。彼女は、孝冬を知ろうとしてくれている。本意ではない結婚だろうに、それでも真摯に向き合おうとしている。

――それに比べて、俺はどうだ。

孝冬は額を押さえてうなだれる。視界の隅に簞笥が映る。兄の遺品が入った簞笥だ。あれを鈴子に見られたら。

兄が『松印』だからといって、彼女は兄を即犯人と決めつけはしないだろう――だが、なぜ黙っていたのかと詰《なじ》られるのは確実で、彼女からの信頼は失われる。それはいやだった。

いっそ、遺品を徹底的に調べて、兄が犯人でないと確信できたら。いや、無理だ。犯人であるという証拠は残っていたとしても、犯人でないという証拠など、あるわけがないのだ。そんなことは誰にも証明できない。真犯人が見つかる以外には。

そう、真犯人を見つければ――だが、それが兄だったら、どうする？

孝冬は髪をかきむしった。すくなくとも、兄のことは調べなくてはならない。それはわかっている。わかっているが――。

「旦那様、お呼びでしょうか」

ノックとともに御子柴の声がした。「入れ」と告げると、老齢の家令は静かに部屋に入ってきた。御子柴は代々、花菱家に仕えてきた家系の者で、祖父の懐刀だった。ゆえに、この家のなかで唯一、孝冬が信頼できる使用人だった。

「御用はなんでございましょう」

「兄の遺品をすべて処分してくれ」

そう告げると、さしもの家令も目をみはった。

「は……、すべて、でございますか」

「そうだ」

「よろしいのですか」

この家令が念押しで訊き直してくることは、ほとんどない。いつもよどみなく『かしこまりました』と頭を垂れ、孝冬の命令を聞いた。

孝冬は視線を落とし、考え込む。いいのか――その選択で。処分してしまえば、二度と戻ることはない。鈴子が『松印』を目にすることもない。

「いい」

「……かしこまりました。では」

さがろうとした御子柴を、孝冬は「いや待て」と呼びとめた。

「待て――やはり、いい。いや、処分しなくていい、という意味だ。さっき言ったことは、忘れてくれ」

御子柴は即座に頭をさげる。「かしこまりました」

彼が退出したあと、孝冬は椅子の背にもたれ、息を吐いた。

――遺品を処分したところで、『松印』のことは使用人たちの口から彼女に洩れるかもしれない。

そのとき遺品を処分したことを知られたら、鈴子の信用を失うだろう。兄贔屓の使用人たちも、よけいに反発する。悪手だ。

――判断力が鈍っているな……。

椅子にもたれかかったまま、孝冬は天井を仰いだ。

さきほど別れたばかりなのに、鈴子さんに会いたいな、と思った。

魔女の灯火

鈴子がその痣《あざ》に気づいたのは、花菱邸から帰宅後、風呂場でのことだった。左足のくるぶしに、菱形のような赤紫の痣ができている。ぶつけてできたような痕ではなかった。まるで生まれたときからあったような、そんな痣で、菱は花菱の文様によく似ていた。

鈴子は、儀式の折、ここに軽い痛みが走ったのを思い出した。

――あのとき？

指先で痣を撫でて、鈴子は、今度孝冬に訊いてみようと考えていた。

「聞いてないわ、ひどいじゃない！」

朝子が言い、

「そうよ、結納前にお式をすませてるなんて聞いたことないわ」

雪子も立腹していた。

瀧川邸で孝冬と正式に結納を交わしたあとのことである。孝冬も仲人もすでに帰っている。ついでに言うなら、父ももうどこへやら出かけてしまった。結納の場にいただけでもよしとせねばならない。

「花菱の家は神職で、とくべつだから……」

鈴子はふたりをなだめる。

「それに、なあに、もう花菱家に移るんですって？」

「披露宴は秋なのに」

ゆっくり嫁入り支度を整えるつもりだった異母姉たちはぶうぶう言う。鈴子は明日から孝冬と旅行に出かけて、そののち、花菱家で暮らすことになっている。

「お父様ったら、勝手に承諾してしまって！」

孝冬はさすがに周到で、鈴子の父に報告と打診をして、承諾を得ていた。父ならてきとうに、ふたつ返事で承諾するだろう。そういうひとである。

しかし、異母姉たちの説得というのは、孝冬の勘定に入っていなかったらしい。すでに嫁いでいるからか。本来なら今日だって来る必要もない。

「花菱の家は、そういうしきたりだから……」

これで通すしかない。

「あなたたち、もうおよしなさいよ。しかたないでしょう、もう決まったものは。嫁いだって、もう会えなくなるわけじゃあるまいし」

千津がとりなす。「だって」と言いつつも、とりあえず異母姉たちは黙った。彼女たちを黙らせることができるのは、母親の千津くらいである。

「とにかく嫁入り支度を急がないといけないわね」

千津は言う。「秋までにそろえるつもりだったから」

「そうよ、まず夏物を用意しなくっちゃ。鈴ちゃん、あちらで着るものがなくって困るわ」

嫁ぐにあたっては、花嫁はそれまでの衣類はいっさい嫁ぎ先に持ってゆくことはなく、すべて実家に置いてゆく。新たに誂えたものだけを、嫁入り道具として婚家に持ち込むのである。実家に残された衣装は、世話になったひとや女中たちにわけられることになる。そういうしきたりだった。

鈴子は、瀧川家に引き取られてから与えられた着物は、あまりに豪奢すぎてどこか借り物のような気がしていたが、それでももう着ることはないのだと思うと、幾許かのさびしさを感じた。鈴子でさえこうなのだから、深窓のご令嬢だったら、どれほどだろう。それとも、そうしたひとは着物に執着などしないものなのか。鈴子にはわからない。

「もうお嫁に行ってしまうのねえ……」

雪子がしんみりとした口調で言った。朝子もさびしそうな顔をする。鈴子はちょっと笑った。

「お嫁に行ったって、会おうと思えば、いつでも会えるでしょう」

雪子も朝子も首をふる。

「そんなことないわよ。ううん、そうかもしれないけれど、そういうことじゃあないのよ。ねえ、朝ちゃん」

「そうよ、気持ちの問題よ。あの鈴ちゃんがお嫁に行ってしまうんだもの。それに、ここに来ても鈴ちゃんに会えないなんて。楽しみがなくなっちゃった」

「じゃあ、嘉忠お兄様や嘉見お兄様の花嫁さがしに精を出されてはどうかしら」

そう提案すると、雪子と朝子は顔を見合わせた。

「あら、それはいいわね」

「そうしましょう」

やれやれ、と息をつく。今日は平日なので、嘉忠も嘉見も勤務中である。いたら『余計なことを』とふたりからにらまれていただろう。

「でも、鈴ちゃん。あちらの御家がいやになったら、いつでも帰ってきていいんですからね」

雪子が言って、鈴子の手をとった。

「そうよ、華族だって離婚はするもの。遠慮してはだめよ」

朝子も手を重ねる。

「あなたたち、まだ嫁いでもいないのに、縁起でもないこと言うんじゃありません」

千津は言ったが、

「でも、ふたりの言うとおりね。嫁いでみないとわからないことはあるから、いやになったら帰ってらっしゃいよ」

「なんだかんだおっしゃっても、お母様がいちばんおさびしいんでしょう」

「これからこのお屋敷にひとりで住むようなものですものね」

異母姉たちが笑う。千津は黙って笑い、鈴子の頭を撫でた。鈴子は三人の手のぬくもりに、ふいに目頭が熱くなって、狼狽した。自分ほど恵まれた娘はいないのではないかと、このとき思った。


車窓を田園風景が流れてゆく。広々とつづく田圃には水が張られ、一面に初夏の青空を映している。風が水面にさざなみを立て、それが次から次へと田圃の上を渡ってゆく様子は、どんな景勝地にも増して美しい光景だと思えた。遠くに見える山は緑濃く、その息吹がここまで届いてきそうだった。

「いい眺めでしょう」

孝冬がやけに誇らしげに言うのがおかしく、鈴子はかすかに笑みを浮かべ、「はい」とうなずいた。

「気に入っていただけてよかった」

「まるであなたが創り出したかのようにおっしゃるのですね」

ははは、と孝冬は笑う。彼は機嫌がよさそうだ。

新橋から逗子《ずし》に至る、汽車のなかである。

明治二十年に東海道線が国府津《こうづ》まで路線をのばして以降、湘南方面は東京の人間が日帰りで行ける人気の行楽地で、その二年後には横須賀線が開通して、逗子にも行きやすくなった。逗子近くには、葉山がある。葉山は御用邸をはじめとして、皇族、華族の別荘がある海浜保養地である。海水浴の行楽地として湘南が人気を博すのは明治に入ってからで、そもそも『湘南』という呼称ができるのも鉄道が開通してからのことだった。

葉山には花菱家の別荘があるとのことで、六月はじめのいま、鈴子は孝冬につれられて、そこに向かっていた。別荘には一週間ほど滞在する予定である。

結納を交わしてのち、ふたりは入籍した。鈴子と孝冬は、まだ一緒に暮らしてはいないが、戸籍上はもうすでに夫婦である。葉山への旅行が終わったら、その足で鈴子は花菱家に向かう予定になっていた。

旅行に誘うさい、「養い親に紹介したいのですよ」と孝冬は鈴子に言った。彼の養い親は、仕事を退き、葉山の別荘の管理をしつつ、隠居生活を送っているのだという。

「わたしは、淡路には行かなくてよろしいのですか？」

「大名家のお国入りみたいなものはありませんよ。でも、七月には行っていただきます。神事がありますので」

「神事……やはり、宮司のお仕事もなさるのですね」

「まあ、これだけは。それ以外は代わりの者に任せています。といいますか、うちの神社はもともと、この七月のものしか神事はやってなかったのですよ。あとは、政府が一律に定めた神事ですね。神社の神事は本来、神社によって違うものだったのですが」

神道は宗教ではなく祭祀である――というのが政府の方針らしく、神事を一律に定めるというのは、ようは型にはめたいということなのだろう、と鈴子は理解した。

「横浜にも、お宅があるのでしょう？　そちらは？」

「あるのですがね、いまはおもに東京にいるので、ほとんど使っていません。会社が横浜ですから、家を継いでからも横浜に主軸を置いていたのですが、やはり華族は基本的には東京居住が定められていますからね。まあそれくらいは従おうと。もともと、東京に支社を置く予定ではありましたので」

「支社ですか」

「淡路に製造場があって、横浜に会社——これは流通の利点からですね——というかたちでしたが、東京にも拠点があったほうがなにかと都合がいいので。ですので私はまあ、横浜の本社と東京の支社を行ったり来たりですね」

聞くだけで忙しない。

「一週間も、よくお体が空きましたね」

孝冬は笑う。「私にも休暇は必要ですよ。新婚ですしね。社の者には新婚旅行だと言ってあります」

新婚旅行というものは昔からあるが、さほど大衆に浸透しているわけではない。明治十六年には井上《いのうえ》侯爵家の養嗣子が熱海《あたみ》旅行に出かけており、以後、上流階級に広まっていったという。旅行先は熱海や湘南が多い。やはり鉄道の恩恵が大きいだろう。

孝冬は向かいから鈴子の隣へと席を移す。一等車でさえ夏場は行楽客で混み合う車内も、梅雨もまだの時季とあっては、まばらだ。

六月に入ったので、鈴子は衣替えをすませている。薄縹《うすはなだ》の地に白百合を描いた単衣に、生成りにやはり百合の染め帯、甕覗《かめのぞき》色の紗の羽織には観世水の地紋と刺繍が入っている。帯留めは彫金の百合で、羽織紐は水滴のような水晶を連ねたものだ。半衿には白い絽地に銀糸で流水を刺繍したものを合わせている。百合と露といった風情の取り合わせで、初夏の朝が表されている。

孝冬も初夏の装いに身を包んでいた。涼しげな淡い灰青の三つ揃いに、紺青のネクタイ、そこに水晶のタイピンを差し、カフスボタンも水晶だ。このところ、水晶の装飾品というのは増えている。

「その手袋、使い心地はいかがですか」

鈴子は孝冬から贈られたレースの手袋をしていた。膝の上で重ねていた手を見おろし、「肌触りがよろしゅうございますね」と答える。

「それはよかった。今度、夏向きに涼しい素材のものを贈ります」

孝冬はごく自然な動作で鈴子の手をとり、指に触れる。「指輪はお嫌いですか？　つけているところを見たことがありませんが」

「粗忽者ですので、ぶつけそうでいやなのです」

「はは、とてもそうは――ああ、いや、あなたはたしかに、身軽なかたでしたね。はじめてお会いしたときも、座卓を飛び越えてらした」

覚えてなくていいのだが——と思いつつ、鈴子は孝冬の顔を眺める。孝冬が目をあげた。

「なにか？」

「いえ……、葉山にいるあいだ、あれは……香木は、どうなさるの？」

「ああ、持っていきますよ。香炉やら香木やら道具一式、由良に持たせています」

由良やタカ、下男などは二等車に乗っている。一週間の滞在ともなると、荷物も多い。

瀧川家はタカのほか、小間使いの女中や下男をつけてよこした。タカは嫁入り後も花菱家で鈴子の側仕えをしてくれる。これは鈴子にとって心強いことだった。

別荘でも香を薫かねばならないのか、と鈴子はすこし憂鬱になった。

「では、淡路の君も……」

「腹が空けば、出てきますよ」

「そう……」

腹が空かぬうちは、出てこないのか。やや安堵する。

孝冬は愁いを帯びた顔を見せた。鈴子を案じている。鈴子が儀式のさい、怖がったからだ。

鈴子は車窓に目を向ける。美しい水田がどこまでも広がっている。そこに映る空の青が目に染みた。

「大丈夫です」

言って、孝冬のほうに顔を戻した。それが鈴子の役目ならば、やらねばならない。儀式のときのような、苦悩に満ちた孝冬の顔を見るのはいやだった。たぶん、鈴子が怖がれば、孝冬は申し訳なさに懊悩するのだろう。それを思うと、妙に胸の奥がざわざわとして、いやな心持ちになるのだ。

「大丈夫です」と、鈴子は孝冬の目を見て、くり返した。

逗子の停車場の前には、ずらりと人力車が並んでいる。車夫が出てくる人々の袖を引かんばかりに乗車をすすめ、ときに客を得たり、ときに邪険に追い払われたりしていた。行楽客がほとんどのようだ。鈴子たちには、別荘から迎えの自動車が来ていた。それに乗り、葉山に向かう。車は海岸沿いを走り、心地よい潮風が窓から吹き込んだ。別荘があるのは山裾で、海も近いという。「あの辺りですよ」と孝冬が指さしたさきには、緑茂る木々に囲まれた洋館がいくつか見えた。いずれも華族などの別荘なのだろう。

「海でボートにでも乗りますか？　私は結構、漕ぐのがうまいですよ」

「海はけっこうです」

「お嫌いですか」

「いえ……、泳げないので、ボートから落ちたら……」

「溺れたことでもあるのですか？」

「一度。ひょうたん池で。小さいころ」

あのときは、死ぬかと思った。思い出し、青い顔を両手で覆う鈴子に、孝冬は笑い声をあげる。ムッとしてにらむと、「いや、すみません」と孝冬は謝った。

「あなたにも弱点がおありなんですね」

鈴子はけげんに思う。「ないとお思いだったのですか」

「完璧なご令嬢に見えてましたよ」

鈴子からしたら、孝冬こそ完璧な紳士に見えたが。

「ボートが怖ければ、海辺を散歩しましょうか。一色《いっしき》海岸がすぐですから」

「はあ……」

「もちろん、山の散策もできますよ。野鳥の観察というのもいいですね」

そちらのほうが面白そうだ、と思った。孝冬は笑みを浮かべる。「それがいいというお顔ですね」

——そんなに顔に出ているのだろうか。

鈴子はよく『表情がなくてなにを考えているかわからない』と言われるので、意外に思った。

「この辺りは食べ物もおいしいですよ。海の幸、山の幸。いまは鱚《きす》が旬なのかな。鰺《あじ》や烏賊《いか》もおいしくて――」

孝冬は鈴子を見て、にこりと笑う。

「着いたらまず、ご飯にしましょうか」

どんな顔をしていたのだろう、と鈴子は頬を押さえた。


花菱家の別荘は塔屋のある木造の洋館で、白い下見板張りの外壁に、スレート葺きの屋根が瀟洒な佇まいをしている。アメリカン・ヴィクトリアン様式という建築様式なのだという。山裾の森に囲まれており、鳥の囀りが美しく響いている。玄関前に老夫婦と年若い少年が立っていた。車を降りた鈴子に、孝冬が彼らを紹介する。

「私の養い親の佐々木《ささき》夫妻です。こっちの彼は近所の子で、手伝いに来てくれてます」

夫妻と少年はそれぞれ頭をさげた。夫は長八郎《ちょうはちろう》、妻は菊《きく》といい、少年は、十二、三歳だろうか、小島勇《こじまいさむ》といった。佐々木夫妻は両人とも穏やかな風貌をしていた。長八郎は角張った顔に目尻の下がった糸のように細い目で、ほほえんでいるように見える。菊は丸顔で、ふっくらした頬と腫れぼったい目が温厚そうな雰囲気を醸し出していた。長八郎はシャツにズボンの洋装で、菊は紺絣の着物姿だった。

「ご立派なお嬢様でいらして……私どものおもてなしで間に合いますかどうか」

長八郎が恐縮したように言う。

「鈴子さんは食事を楽しみにしてますよ」

ね、と孝冬に話をふられて、鈴子は思わずうなずいた。まるで食いしん坊のようではないか、とはうなずいたあとで気づいた。

「魚はお好きですか？」

菊に訊かれ、

「好きです。鰻でも鯵でも、煮付けでも、焼き物でも」

即答すると、孝冬に笑われた。菊も長八郎もにこにこしている。

「そりゃあ、よかった。腕によりをかけてお作りしましょう。せっかく海辺にいらしたんですから、うまい刺身を召し上がってください」

長八郎が張り切ったように言い、菊もうなずいている。

「孝冬さん、荷物をおろそうか？」

と、勇が気安い口調で尋ねる。利発そうな顔をした少年である。いがぐり頭で、縞の着物を着ていた。

「うん、頼もうかな」

孝冬の態度も気心が知れた様子だった。この少年にも佐々木夫妻にも孝冬の応対は和やかで、気を許したものがあった。そのことに鈴子はまず安堵する。養い親との関係は良好だったようだ。

ちょうどそのとき、タカたちを乗せた車も門を入ってきた。彼女たちがぞろぞろと車を降りてくると、一気ににぎやかになる。この行李の中身はなんだ、どこへ運ぶのか、などといった会話が交わされ、荷下ろし、荷運びで行ったり来たり、静かな別荘地に活気ある音が響く。鈴子は邸内の応接間に通されて、孝冬とともに腰を落ち着けた。

「部屋はあとで見ていただくことにして、お茶でも飲みましょうか」

開け放たれた窓から風が入り、レースのカーテンがそよぐ。階上でタカたちの足音がしていた。

菊が茶をのせた盆を手に応接間にやってくる。

「すぐお昼にいたしますから、少々お待ちくださいね」

茶には饅頭が添えられている。褐色の大きな饅頭で、ふたつに割るとなかには黒砂糖を使ったこし餡がたっぷり詰まっている。口に入れると甘みがほろりと溶けてゆく。おいしい。黙々と食べる鈴子を、孝冬が微笑を浮かべて眺めていた。

昼食は地魚の刺身や塩焼きが並び、しじみの味噌汁に蛸《たこ》と生姜の炊き込みご飯まであった。ふっくらとした鱚の身も蛸の旨味が染みた炊き込みご飯も、ほかほかでおいしい。瀧川家では、台所から食堂に運ぶあいだに熱々のものも冷めてしまう。したがって味噌汁などいつもひどくぬるい。そう言うと、佐々木夫妻は驚いたような、感心したような「へええ」という声をあげた。

「侯爵家ともなると、かえってたいへんなんですねえ」

菊が言う。

「鰻でも、ずいぶんおいしそうに召しあがってましたよね。家ではあたたかいものが出てこないからですか」

「冷めていてもおいしいとは思います。食べられるだけありがたいので」

よりおいしいか、どうかというだけの話である。

「煮物だとか和え物だとか、熱くない料理も多いですものね。そうした方々がおいしく食べられるように、そうなっているのかしら」

また菊が言って、笑った。ものやわらかな口調の婦人である。

「炊き込みご飯も、冷めたのを握り飯にするとふつうに食べるよりおいしい気がしますしね」

孝冬が言い、鈴子はうなずいた。あれはおいしい。

「じゃあ、余った炊き込みご飯を握り飯にしましょうか」

長八郎が提案すると、「それはいいですね」と孝冬は鈴子を見た。

「それをおやつに持って、海岸か山を散策しましょう」

「山がいいです」

頑なに海に行きたがらない鈴子に、孝冬は笑う。

「では、山で。眺めがいいですよ」

ふたりの様子を、佐々木夫妻はにこやかに眺めている。そのまなざしを目にするだけで、彼らが孝冬に向けてきた慈愛のほどがわかった。孝冬は身内について、とくにその両親について、一度話したきり、言及することがない。口にしたくないのだろう。鈴子も問いはしなかった。

食事が終わったあと、居間でくつろいでいると、孝冬が「そういえば」と言いだした。

「鈴子さんは、洋装もなさるのでしょう」

「え？　ええ、まあ……千津さんにつきあって、何着かそろえましたが」

「私もご用意したんですよ。ここだと軽装のほうが楽かと思いまして」

由良がいくつかの箱を抱えてやってくる。タカがその箱を受けとり、テーブルの上に並べた。開けてみると、洋服が入っている。袖がふんわりとした翡翠色のワンピース、白いやわらかな絹地に水色の花模様が刺繍されたワンピース、レースのリボンがついた帽子、白のストッキングに白い革靴……つぎからつぎへと出てくる。

「用意したって……寸法は」

「千津さんにお訊きしました」

「いつのまに……」

タカがワンピースを鈴子の肩にあてて、「あら、ぴったり」とつぶやいていた。

「どうぞ、いつでもご随意にお召しになってください」

孝冬がほほえんで言う。

「……ありがとうございます」

「嫁入りを急がせてしまいましたからね、支度が間に合わないのではないかと思って、洋服も着物も花菱家に用意してあります」

ご明察である。鈴子はすこしほっとした。

昼下がり、鈴子は孝冬とともに屋敷の周辺を散策した。案内役兼荷物持ちとして勇がついてくる。鈴子はよそゆきから銘仙の単衣に着替えて、白いレースのパラソル片手に、山の小径を歩いた。鈴子たちのような者のためにか、小径は下草が刈られ、落ち葉や石などが取りのけられており、歩きやすい。木漏れ日が清々しい風に揺れ、鳥の鳴き声がそここでする。あたりは清明さに満ちていた。

勇が、「あの鳴き声はコゲラですよ」とか、「あれはオオルリ」とか、教えてくれる。名のとおり美しい瑠璃色の羽を持つオオルリには、しばし見とれた。新緑の枝にとまる小鳥たちは、どんな宝石よりも美しく見えた。

野鳥に夢中になっていると、勇が孝冬に、「孝冬さん、東京のお屋敷で虐められてない？　大丈夫？」と尋ねるので、鈴子は驚いてふり向いた。

「虐められるわけないだろ。当主だぞ」と孝冬は笑っている。

「だってさ……」

孝冬は鈴子の視線に気づき、微笑を見せた。

「私は一度養子として追い出された身なので、心配されているのですよ」

そうか、と鈴子は思い至る。使用人のなかには、孝冬を快く思っていないひともいるのだろう。祖父が彼を偏愛し、彼の父や兄を疎外しようとしたから。

――彼には、なにひとつ責任のないことなのに……。

鈴子は無意識のうちに眉をひそめていた。

「大丈夫ですよ」

そんな鈴子に孝冬が言う。鈴子は、汽車のなかで己もおなじことを言ったのを、ふと思い出した。

孝冬は、あのときの鈴子とおなじ心持ちなのだろうか。鈴子は孝冬の顔を見あげ、その瞳を見つめた。孝冬は目をそらすように前を向き、行く手を指さす。

「鈴子さん、あの辺まで行くと眺望がいいですよ」

木々が途切れ、すこしひらけた場所である。孝冬は歩いていった。

――いま、目をそらしたのかしら。

と思ったが、鈴子は黙って孝冬のあとにつづいた。彼の言うように、そこは眼下に葉山の町、その向こうに海が広がる、眺めのよい場所だった。

「相模湾《さがみ》です。きれいなものでしょう」

言いながら、孝冬はカンカン帽で顔を扇ぐ。陽光が降りそそいで暑いくらいだが、湿り気はなく、風があるので気持ちいい。木陰で休憩することにした。勇が莚《むしろ》を広げて敷き、孝冬と鈴子はそこに腰をおろす。勇は提げていた籠から水筒と握り飯の包みをとりだす。竹の皮に包まれた握り飯は、いい香りがする。冷めてぎゅっと味が凝縮したような炊き込みご飯の握り飯は、やはりおいしかった。海を眼下に眺めながら頬張るのも爽快である。

鈴子は海辺の景色のなかに、目立つ赤い屋根を見つけた。洋館だ。あれも別荘だろうか。

「あの赤い屋根のお屋敷は、どなたかの別荘でございますか」

「うん？　ああ、海岸沿いの？」

屋敷は海に突き出た岬の突端に建てられているように見えた。

「あれは、誰だったかなあ。華族の別荘じゃなかったかな」

「笹尾《ささお》子爵の別荘だったお屋敷だよ」と勇が言った。

「笹尾というと……公家華族だったかな。別荘『だった』というと、いまは違うひとの？」

「誰も住んでいないんだよ。幽霊が出るからって」

鈴子と孝冬は、顔を見合わせた。


その屋敷までは近いので、鈴子と孝冬はぶらぶら歩いて行くことにした。山裾をぐるりとまわり、海岸に向かう。

「ちょうど一年くらい前だったかなあ。笹尾子爵の奥様が、塔屋の階段を転がり落ちて、死んだんだよ。事故だって話だけど。それだけじゃなくて、そのあとすぐ、一週間かそこらだったかな？　笹尾子爵は汽車に轢かれて死んだんだって。お酒に酔ってて、事故か自殺かわからなかったんだよ」

歩きながら勇が話す。

「幽霊っていうのは？」

「奥様が出るんだって。噂だけど。子爵が死んだのも、奥様の祟りじゃないかって。奥様は、お屋敷のなかをうろうろ、歩き回るらしいよ。だから別荘番のおじさん夫婦も怖がっちゃって、毎日念仏唱えてるって話」

「まだ笹尾子爵家の別荘ではあるのかな」

「さあ。子爵家はつぶれたとかって聞いたけど、違うの？」

「笹尾子爵家……どうだったかな」

「笹尾家は、たしか跡継ぎがいなくて絶えたのではありませんか。公家の羽林家の家柄でしょう」

鈴子は、千津から聞いた話の記憶を掘り起こした。跡継ぎがおらず絶えた家、没落した家、爵位を返上した家と、さまざまな公家華族の話を聞いた。

「じゃあ、幽霊騒ぎで売れずに遺族が困ってるといったところなのかな」

「そうかも――」と勇が答えたところで、三人は足をとめた。仏事でよく使う、鈴《りん》を鳴らす音が聞こえたからだ。それとともに、読経のような声も。

「たぶん、これが別荘番のおじさんたちの念仏じゃないかな」

岬まではまだいくらか距離があるが、風で流れてくるようだ。岬の上に、赤い屋根の洋館が建っている。木造で、壁板は白く塗られているので、赤い屋根がより目立つ。近づくにつれて、潮風で傷んでいる様子が見えてきた。屋根も壁も色が剝げてきており、薄気味悪さに拍車を掛けている。修繕する者もいないのだろう。テラスの柱が軋《きし》んでいるのか、ギイ、ギイ、と耳障りな音がした。そこに念仏と鈴の音が重なる。

「これは……なんの念仏なんだろうなあ」孝冬がつぶやく。「仏教じゃないな。でも鳴らしてるのは鈴だよなあ。うーん……」

たしかに、聞こえてくる念仏は南無阿弥陀仏といったたぐいのものではなかった。はじめて聞く。——いや。鈴子はなんとなく、聞き覚えがあるようにも思えた。気のせいだろうか。

岬の屋敷までは、潮風よけの松林があるだけで、門も塀もない。屋敷の手前に、別荘番の住まいだろう、小さな家がある。かつては使用人たちが住んでいたのだろうか。松林に隠れるようにして建っているその家の玄関に立ち、「こんにちはあ」という元気な声とともに勇が引き戸を開けた。

「花菱男爵家の者です。ちょっといいですか」

念仏の声がやむ。鈴の余韻だけが残った。障子が開いて、老爺が現れる。顔色の悪い、ごま塩頭の老爺で、褪せた藍の単衣の裾から股引がのぞいている。奥で老婆が不安そうな顔でこちらをうかがっているのが見えた。

「花菱男爵っていうと……山裾に別荘のある……？」

しゃがれた声で老爺が問う。

「そうです」と答えたのは、孝冬である。彼は帽子をとって挨拶をする。「花菱孝冬です。笹尾子爵のご家族のかたは、おみえではありませんか」

男爵当人と知って、立ったままだった老爺はさすがに膝をついた。「やあ、これは、男爵様でしたか」

「そうかしこまらず。散歩中に思い立って立ち寄っただけですので」

「はあ、すみません。笹尾子爵様のご家族は、どなたもおみえではございません。ご存じありませんか、子爵様は……」

「お亡くなりになったとは聞いておりますが。では、この別荘の管理はどなたが？」

「奥様のご親戚のかたの所有になっております。手前どもが管理を任されておりまして」

「奥様というと、たしか――」

「美寧子《みねこ》様です。ご実家は降矢《ふるや》家です、矢が降ると書く降矢。甲府の」

「ああ！　あの降矢家のかたでしたか」

鈴子はどの降矢家かわからない。有名な家なのだろうか。

孝冬が鈴子のほうを見て、「甲府出身の資産家ですよ。甲州財閥系ですね。もとは養蚕の豪農です」と簡単に言った。

「なるほど、降矢家のご令嬢を奥方に迎えたわけですか」

しばしば見られる、公家華族と富豪の結婚である。公家華族の娘が富豪に嫁入りすることもあれば、その逆もあったが、近年は世界戦争で財を成した成金に嫁ぐ公家の娘が多い。一種の流行のようでもあって、貧乏の犠牲となる公家の姫君がかわいそうだと、新聞でよく批判されている。

笹尾子爵家も、窮乏から資産家の令嬢を嫁に迎えたようだ。

「桁違いの持参金を携えて嫁入りしたんだと、子爵家の使用人が言うとりました。この別荘も、降矢家が買ったもんだそうです。だから子爵様は奥様に頭があがらなかったようで……ああ、いや、いらんことを、すんません」

老爺は頭をかく。

「奥様は、この別荘で亡くなったと聞きましたが」

孝冬が言うと、老爺の顔は青ざめた。

「はい、そのとおりで……階段から落ちなすったんです。足を滑らしたと子爵様はおっしやってましたが……」

「子爵が？　その場をごらんになっていたのですか」

「そうおっしゃってましたので。早く医者を呼べと、血相を変えてここに駆け込んでみえて。でも、医者を呼んでも甲斐はありませんでした。もうお亡くなりになってましたんで」

「へえ……」

孝冬は考えるように指先で顎を撫でたあと、

「幽霊が出るそうですね」

と、本題に入った。

老爺はがくりと肩を落としてうなだれる。

「ご存じでしたか。そうでしょうな。噂になってますから。儂《わし》も、最初に奥様の幽霊を見たときはびっくりするやら、恐ろしいやらで、気が動転して派出所に駆け込んだんですわ。幽霊じゃ、巡査に来てもらってもどうにもならんのに。それでまわりにも幽霊騒ぎが広まってしもうた。降矢家のほうからお叱りを受けましたわ。ろくでもないことを言うなと。でも、それから折々、出るんです。この目で見てるんですから」

「出るとは、どのように？」

「え？　ああ、はあ……歩き回ってます。屋敷のなかを。儂らは外から見るだけですけど、うろうろ、あちこちの部屋を行ったり来たりしてるみたいです。外には出てきません。……いまのところは」

なるほど、と孝冬はつぶやく。

「そのうち、外に出てきてこっちに襲いかかってくるんじゃないか、なんて思うと、怖くて怖くて……」

老爺はぶるりと震える。

「別荘番を辞めたいとは思うんですけど、辞めたところで仕事に困るし、仕方なく勤めてます」

「毎日念仏を唱えて？」

孝冬が訊く。

「そうです、そうです。そうでもせんと、いられません。あの奥様が幽霊になったんじゃ――」

妙な言いかたをする、と鈴子は思った。孝冬もそう思ったようで、「『あの奥様』って、どんな奥様だったんです？」と尋ねた。

「あ、いや……なんでも……」老爺はもごもごとごまかし、視線を泳がせる。

「あんた」奥から老婆がきつい声をあげた。「変なこと言って、また降矢さんに叱られても知らないよ」

「いや、儂は、べつに」老爺はそそくさと立ちあがり、「もうこのくらいで」と孝冬に頭をさげて座敷に引っ込んでしまった。障子がぴしゃりと閉まる。

こうなってはどうにもしようがないので、鈴子たちは別荘番の家をあとにして、歩きだした。

「幽霊話なんて、孝冬さん、好きだったっけ？」

花菱家の事情を知らないらしい勇が、けげんそうに孝冬を見あげる。

「幽霊話が好きなのは、わたしです」

と、鈴子は言った。

「えっ、そうなんですか」と勇は目を丸くする。「意外だなあ」

「俺も興味はあるさ、宮司だから」

「ふうん……？　お祓いでもするの？」

「場合によっては」

「へええ。じゃあ、ここの幽霊の話、近所を回ってもっと訊いておこうか？」

「それは助かるな。頼むよ」

「まかせて」

勇は頼られたのがうれしいのか、胸を反らしてたたいた。

「あ、訊いてほしいことはもうひとつある」

「なに？」

孝冬は別荘番の家を指さした。ふたたび念仏の声が聞こえてきている。

「あの念仏について」


その夜、風呂からあがった鈴子は、廊下でつと足をとめた。壁に飾られた写真に目がとまったのだ。

このあたりの美しい風景を写したものが多いが、家族写真も交じっている。いくらか若いころの佐々木夫妻と、少年の写真だ。少年は孝冬だろう。面影があるのですぐわかった。表情は硬く、警戒するように唇をきゅっと引き結んでいる。きれいな顔立ちをしているものの、意固地そうな少年に見えた。

「あの子が、私どもの家に来てすぐのころの写真ですよ」

かたわらから菊の声がかかり、鈴子は内心あわてた。すぐそばにいるのが気づかぬほど、写真に見入っていたのだ。

「横浜の家の前でね、記念だからと撮ってね……」

菊は当時を思い出してか、目を細めて写真を眺めている。

「懐かしいわねえ……。あのころの孝冬さんは、四方八方、四六時中警戒している野良猫のようでねえ、不憫でしたが、かわいかったんですよ。かわいそうという気持ちももちろん強かったんですが、それ以上にかわいくて」

「かわいそう……ご両親とお祖父様の確執に、巻き込まれたことでございますか」

「そうです。あのひとたちは、まったく……」

温厚な菊が、そのときだけは眉をひそめて、憤りの色を浮かべた。「ことに当時の御前様はね。無理無体な真似をなさって。でも、それがなかったら孝冬さんは生まれてきてないんですものね……」

無理無体――。その言葉にいくらか違和感を抱いた。

「お祖父様のお子だとはうかがっておりますが、お母上は妾ではございませんでしたか。女中に無理強いでもなさったのですか」

女中を手籠めにする主人の話は、いやというほど聞く。もはや女中に手を出さぬ雇い主などいないのでは、と疑いたくなるほど。身籠もってしまえば、堕胎は罰せられるから、産むしかない。べつの男の子だろうとしらばっくれる主人もいるのだから、暗然たる気分になる。孝冬の祖父もそういったたぐいの主人だったのかと思ったのだ。

菊は黙り込んだ。その横顔は暗い。血のつながりはないはずなのに、不思議とそんな表情は孝冬と似ていた。

「花菱家のお香は、もうお薫きになったの？」

しばらくして口を開いた菊は、そんなことを訊いた。淡路の君のことを知っているかどうか、訊いているのだろう、と鈴子は理解する。

「まだ自分で薫いてはおりませんが、あのお香について、おおよそのことは聞いております」

菊はうなずき、ほほえんだ。親しげな、やさしい笑みだ。

「あなたはしっかりなさったお嬢さんでいらっしゃるから、私どもも安心しました。あの子は危なっかしいところがあるから……それに、ああ見えて意地っ張りでね。つらいときでも平気そうな顔をして。あれで花菱のお屋敷でうまくやれているのか、心配なんですよ。でも、あなたが味方でいらしたら、あの子も心丈夫でしょう」

慈愛のこもった声音に、鈴子も自然と微笑が浮かんでいた。はたして鈴子が妻でほんとうに安心なのかどうかはさておき、孝冬に愛情をもって接してきたひとたちに触れるのは、清らかであたたかい風に包まれているようで、心地よかった。

――来てよかった。
と、素直に思った。

菊に就寝の挨拶を告げて別れ、鈴子はあてがわれた寝室に入る。部屋の中央には大きな寝台がひとつあり、凝った造りの鏡台や、くつろげるソファもそろっている。壁紙は落ち着いた紅鳶色を基調に百合のような花々が描かれており、寝台やソファの布地もそれに合わせたものだった。鈴子は寝台にあがり、足首をさする。怪我をしたわけではない。くるぶしにできた痣が気になり、つい触ってしまうのだ。

ぼんやりと痣を眺めてさすりながら、花菱家のことや孝冬のこと、今日聞いた笹尾子爵夫人の幽霊のこと、さまざまなことをとりとめもなく考えていた。

部屋の扉が開いた。タカだろうか、と顔をあげると、孝冬だった。湯あがりらしく、彼も寝巻の浴衣姿である。なにか用だろうか、と鈴子は「どうかなさったのですか」と訊いたが、彼はきょとんとした。

「どうかもなにも、私もここで寝るんですよ」

「え」

「お忘れですか。私たちはもう夫婦なんですよ」

——そういえば、そうだった。

もう籍は入れているのだ。式もすんでおり、披露宴がまだというだけである。

——やけに寝台が広いと思っていたら……。

鈴子とて、夫婦となったならば同衾する覚悟はできている。だが、それは花菱家でともに暮らしはじめてからのことだと思っていたのだ。鈴子は落ち着かなくてしきりに足をさすった。

「足を痛めましたか、鈴子さん」

孝冬は心配そうな目を向ける。「山歩きがよくなかったかな」

「いえ、違います。お話ししようと思っていたのですが——」

鈴子は足から手をのけた。くるぶしに花菱の痣がある。それを見て、孝冬は眉をひそめた。

「あの儀式のあと、こうなっていたのです」

「ああ……」

孝冬は鈴子のかたわらに腰をおろした。寝台が軋んだ音をあげる。鈴子はすこし横に体をずらした。

「それは花菱家の人間のしるしです。淡路の君がつける、しるしですよ。私にもあります」

言うなり、孝冬は浴衣の衿を開いた。鈴子はぎょっとして目をそらしそうになったが、思いとどまる。胸板の中央あたりに、鈴子とおなじ痣があった。

「……おなじでございますね」

まじまじと痣を眺めていると、孝冬が手を伸ばし、鈴子の痣に触れた。はっと、鈴子は固まる。孝冬の指が痣をなぞっている。

「すみません。こんな痣を」

「いえ、べつに……見えないところですし、傷ならほかにもございますから」

孝冬は手をとめ、目をあげて鈴子を見る。視線が鈴子の手もとに移った。手の甲には、火傷の痕がある。孝冬は鈴子の手をとり、傷痕を検分するように見つめた。素手に触れられるのははじめてで、鈴子は落ち着かない気分になった。

「――これはなにか、もとにあった傷の上に、火傷をしていますね」

「……え？」

思いがけないことを言われて、鈴子は戸惑う。

「もとにあった傷……？」

「そうですよ。覚えはありませんか」

「ございません。火傷自体、覚えておりませんので」

「なるほど」

と言い、孝冬はまた痕をしげしげと眺める。鈴子は手が妙にくすぐったいような気がしてきた。

「あの……もうよろしいですか。眺めたところで、変わりませんし」

「ああ、すみません。おいやでしたか」

「そういうわけではございませんけれど……」

「けれど？」

「いえ、あの、放してください」

鈴子は手を引こうとするが、孝冬が放さない。

「さきほども申しあげたことの確認なのですが」

孝冬が身をのりだし、鈴子の顔をのぞき込んだ。顔が近い。孝冬はうっすらと微笑を浮かべていたが、目が笑っていなかった。

「戸籍上、われわれは夫婦になりました。そこに異存はありませんか？」

蛇ににらまれた蛙のようだ、と思いながら、鈴子はゆっくりうなずいた。

孝冬はにこりと笑う。

「それなら、いいんです」

手を放し、うしろにのいた。鈴子はほっと息をつく。孝冬は鈴子の反対側から寝台にあがり、掛け布団をめくった。

「今日はお疲れでしょう。ゆっくり休んでください」

「……はあ……」

鈴子は寝台の脇にある花のような笠をした電灯をつけると、室内灯を消して、掛け布団の下に潜り込む。孝冬は鈴子のほうを向いて腕枕をしている。『休んでください』と言ったわりに、彼自身は眠る様子もなく鈴子を見つめているので、鈴子としても眠りにくい。仕方なく鈴子は体の向きを変えて、孝冬と向かい合った。孝冬は微笑する。

「明日は釣りでもしましょうか。よく釣れるんですよ、このあたりは」

「釣りはしたことがございません」

「鰺やら烏賊やら釣れますよ。そう難しいことはありません」

「……魚に引っ張られて、海に落ちたりしませんか」

「するかもしれませんね」

「じゃあ、いやです」

「ははっ」

橙色のほの明るい光のなか、孝冬が楽しげに笑う顔が見える。鈴子はまばたきをした。それからもとりとめのない話をしたように思う。いつしか、鈴子は瞼を閉じていた。うつらうつらとするなかで、孝冬の心地よい、やわらかな声が聞こえていた。

「鈴子さん……眠ってしまいましたか？」

返ってくるのは静かな寝息ばかりだった。孝冬は目を細め、寝入った鈴子を眺める。手を伸ばして、頰に落ちた髪をかきあげてやった。そのまま戯れに耳に触れ、顎に触れても起きる気配はない。

孝冬は、すでに鈴子と夫婦である。兄のことを言うべきか、いや黙っていたほうがいいか、そうくり返し懊悩しながら、結局ここまで来てしまった。

花菱家で暮らしはじめれば、遅かれ早かれ、知るはずだ。そうなったとき、鈴子は怒るだろうか。怒るならいい。だが、軽蔑され、見限られてしまうのは、怖い。いやだ。

鈴子を知らなかったころには、もう戻れないのだ。

家の事情にふりまわされて、すべてをあきらめて、どうでもいいと流されるまま花菱の家に戻ってきたころの己は、いなくなってしまった。鈴子のせいで。

——そう、すべては、あなたのせいなんだ。

指先で、鈴子の頰に触れる。やわらかく、あたたかい。ふいに、己の指がひどく穢《けが》れたものに思えて、孝冬はおののき、手を引いた。

――触らないで。穢らわしい。

脳裏によみがえる声に、孝冬は頭を抱える。恐れと、嫌悪に満ちたあの声。胸が切り刻まれるように痛んで、息がつまった。

孝冬は目を閉じて、幼い記憶を追い払う。暗闇は深く、濃く、どこまでも追いかけてくる。水中で溺れたように、息が苦しい。もがいても逃れられない。汗が噴き出る。

「……さん、……」

涼やかな声がして、肩にぬくもりを感じる。はっと目を開けた。不安げな鈴子の顔が視界に飛び込んでくる。

「悪い夢でもごらんになったのですか？　ずいぶん、うなされてらしたわ」

いつのまにか、眠っていたらしい。

「ああ……いえ……」

孝冬は浅い息をくり返した。まだ頭がぼんやりしている。鈴子の手が額に触れたので、孝冬は驚いてその手を握った。鈴子が目をみはる。

「額に汗が……」

「いけません。あなたの手が汚れます」

鈴子はけげんそうな顔をした。

「汗くらいで……。それに、汚れたなら拭けばいいだけではございませんか」

当たり前のように言うので、孝冬の体から力が抜けた。それまで全身がこわばっていたことに気づいた。

「お水をお飲みになったほうがいいわ」と、鈴子が寝台脇にある台から水差しをとろうとするのを、孝冬は腕をつかんでとめた。鈴子はふり返り、なにを思ったのか、孝冬のそばに横になった。さきほどよりも近い。掛け布団を引き寄せ、孝冬の体に掛け直すと、布団をぽんぽんとたたいた。

「大丈夫ですよ。おそばにおりますから、つぎに悪い夢をごらんになっても、すぐ起こしてさしあげます」

子供をあやすような口ぶりだった。鈴子も寝ぼけているのかもしれない。

孝冬は手を伸ばし、鈴子の背に腕を回した。そのまま鈴子の体を引き寄せる。孝冬は鈴子を腕のなかに収めた。

「さっき、起こしてくださったとき、名前を呼んでくださいましたか」

「え？　ええ……だって、もう『花菱男爵』じゃ、おかしいでしょう」

腕のなかで、鈴子は落ち着かない様子で身じろぎする。

「もう一度呼んでくださいませんか」

「いまでございますか」

「いまです」

鈴子は戸惑っているようだった。「用もございませんのに……？」

「用ならあります。私が呼んでほしいという用です」

「それは用というのかしら……」

孝冬は鈴子の髪を撫で、肩のあたりに顔をうずめる。清潔な木綿のにおいがした。ほのかに石鹼のにおいもする。

「いいにおいがしますね」

「しません」

「しますよ」

くく、と孝冬は笑った。鈴子のぬくもりが伝わってくる。いいにおいがして、あたたかくて、やわらかい。それに心底、安らぐ。

「……鈴子さん。私を産んだひとは、祖父の妾じゃありません。父の妻です。戸籍上も、血縁上も、私はれっきとした母の息子です。実の父親は、父ではなく祖父ですが」

孝冬は鈴子の肩に顔をうずめたまま、言った。とても顔を見ては話せなかった。

「花菱家の跡継ぎは、淡路の君が選んだ花嫁の産んだ子でないといけません。祖父は新たにそうした娘をさがす手間を惜しんで、息子の嫁を手籠めにしたのです。そうして身籠もり、産み落とした息子を、母は『穢らわしい』と忌み嫌いました。当然でしょう。父と母は、結局、最後には死を選びました。水難事故と言いましたが、嘘です。ふたりして海に入って、死んだんです。入水です」

父も母も兄も、皆、自死した。これは呪いなのか。呪いだとしたら、その元凶は、孝冬だ。あまりにも己が厭わしく、穢らわしい。

「鈴子さん、花菱の家は、腐っている。腐って、崩壊した残骸です。私はその残骸に巣くう虫ですよ」

吐き捨て、肩で息をする。こんな忌まわしい家に、鈴子を引き入れてしまった。その後悔と、それでも鈴子を欲する心とがない交ぜになって、胸のうちは泥でぐちゃぐちゃになっているようだった。

「――孝冬さん」

鈴子が呼んだ。孝冬は息を呑む。彼女の声が、あまりにも凜と響いて胸に落ちてきたからだ。

「虫は、あなたではなくあなたのお祖父様でございましょう。こう言っては虫に失礼でしようけれど」

「え？」

「ひと様のお祖父様をどうこう申しあげるのもいかがなものかと思い、これまでなにも申しあげませんでしたが、家のなかに火種を持ち込む家長というのは、役目を全うしていないろくでなしの屑でございます」

言い切る鈴子に、孝冬は啞然として思わず肩にうずめていた顔をあげた。鈴子はまっすぐ孝冬を見すえる。

「わたしは父があれでございますから、わかります。どうしようもない人間というのは、いるのです。後始末はいつもほかの者。苦しむのも、いつだってほかの者です。でも、元凶は父です。誰もがわかっております。孝冬さん、花菱の家を崩壊させたのは、あなたではなくお祖父様ですよ。自明のことです。それはお間違いのないように。あなたは――」

迷うように言葉をとめて、鈴子は瞳を揺らした。思い切ったように、ふたたび口を開く。

「あなたは、崩壊した家を再建なさるかたでございます。わたしと一緒に」

孝冬には、鈴子が光り輝いて見えた。

「一緒に？」

「夫婦となったからには、そうするものでございましょう」

鈴子は至って真面目な口調でそう言った。孝冬は感嘆する。

「あなたは……、すごいな」

孝冬は鈴子の頰に触れる。鈴子はじっとしていたが、孝冬の指が耳に触れると、くすぐったそうに肩をすくめた。孝冬はささやく。

「私を、受け入れてくださいますか」

鈴子は不思議そうに孝冬を見あげ、うなずいた。

「はい」

孝冬は、鈴子の上にゆっくりと覆い被さった。


翌日、鈴子は洋装を選んだ。白地に水色の花模様のワンピースだ。紗に近い薄手のやわらかな絹地に、一面、わすれな草のような花が刺繡されている。袖はふわりとふくらみ、腰は絞られておらず、すとんとした形で、腰骨あたりにリボンが巻かれている。髪は結わずにおろして、タカが鏝をあてて巻いた。顔にかかる横の髪だけ、うしろでまとめてリボンを飾る。慣れぬ洋装と、朝起きるのが遅かったのもあり、支度を終えるころには昼近くになっていた。

「やあ、これは美しい。帝劇の女優のようですね」

と、鈴子の姿を見て、居間のソファに座った孝冬は評した。いつも孝冬の評はおおげさである。

「もうすぐお昼ご飯ができますよ。今日は鰈《かれい》の煮付けだそうです」

たしかに台所のほうから、煮物のような出汁と醬油のいいにおいがしている。

「ご飯を食べたら、近くを散歩でもしましょうか。昨日は山でしたから、海岸沿いの道でも。海には近づかずに」

孝冬は笑う。鈴子は孝冬の向かいのソファに腰をおろした。

「笹尾子爵の別荘へは……？」

孝冬は読んでいた新聞をたたんで脇に置きながら、「ええ、散歩のついでに、寄りましょうか」と言った。

「勇がいろいろと聞き込んできてくれましたよ」

「あなたはもうお聞きになったの？」

「ええ、あなたがお休みになっているあいだに」

「……」

鈴子は決まり悪い思いで目をそらす。さすがに悪いと思っている。鈴子は、昨夜――途中で眠ってしまったのである。疲れからか、極度の緊張からか、わからない。そもそも、寝入っていたところを、うなされた孝冬の声で起こされたのだ。深夜だったし、眠気に逆らえなかった。起きたときにはもうすっかり日が高くのぼり、孝冬は隣にいなかった。

「よく眠れましたか？」

孝冬はにこやかに訊いてくる。怒っているに違いない、と思う。

「……眠れました」

「それはよかった」

怒っているか、と訊こうとしたところで、

「お昼ができましたよ」

と、菊が呼びに来る。行きましょうか、と孝冬にうながされ、鈴子は黙って食堂に向かった。

昼食後、鈴子は孝冬と海岸沿いの松林を散歩していた。よく晴れて、潮風がゆるく吹き抜ける木陰にいるのがちょうどいい。波の音が静かにあたりを包んでいた。鈴子は白いレースのパラソルの陰から、ちらりと孝冬の顔をうかがう。

「どうかしましたか」

前を向いたまま孝冬は訊いた。いえ、と答え、鈴子はひとつ咳払いした。

「あの、今朝は、香は……『汐の月』の香は、お薫きになったのですか」

「薫きましたよ。あなたが寝ていらっしゃるあいだに」

「……すみません」

「お気になさらず」

「いえ、そうではなく」

「え？」

なんと言ったものかわからず、鈴子はパラソルの柄についた房を指先でいじった。

「怒ってらっしゃるでしょう？」

「ええ？」孝冬はきょとんとした様子だった。「怒る？　私が？　どうして」

「だって、その――わたし、眠ってしまって」

一瞬の間を置き、孝冬は「ああ！」と理解に至ったような声をあげた。

「怒ってませんよ。昨日は、お疲れだったでしょう。もともとゆっくりお休みいただくつもりだったのに、私が起こしてしまって――ええ、すみません。謝るなら私のほうです」

孝冬の声音はやわらかく、やさしく、たしかに怒っていないようだった。だが、見あげたときにその目が笑ってなかったら怖いので、鈴子は海辺に顔を向けた。

「おいやでしたか？」

え、と鈴子は思わずふり向く。孝冬はすこしさびしげな顔をしていた。

「ああいうことは……。無理強いをしてしまったのなら申し訳ないと、そう思っていたのですよ」

「いえ、違います」とっさに、鈴子は言った。「いやではございません」

孝冬は驚いたように目をみはり、次いで笑った。

「そうはっきり言っていただけると、助かります」

鈴子は、かっと顔が熱くなった。淑女が明言するようなことでは、たぶんない——と思ったが、そもそも鈴子は淑女のふりはできてもきっと芯からそうはなれないのだから、べつにいいか、と思い直した。

「あなたはなんでもはっきりなさっていて、いいですね」

孝冬はすっきりした顔で言って、まだ笑っていた。目が笑っていない、ということはなかったので、鈴子は安堵した。

「……それで、笹尾子爵夫人の幽霊の件は、なにかおわかりになったのですか？」

朝から悶々と悩んでいたことが晴れて、鈴子は本来の調子が戻ってきた。

「子爵夫人は、『魔女』だったのだそうですよ」

と、孝冬は言った。

「魔女……？　西洋の？」

「まあ、喩えです。夫人はいつも洋服をお召しになっていたそうで、そのうえ黒い宝石を好んでいらしたので、そう喩えられたようです」

「黒い宝石……オニキスかしら」

「いえ、ジェットです」

「ジェット？」

「木の化石です。地中深くに埋まった流木の化石。人類が見つけた最古の宝石だとか。魔除けに使われていたそうですよ。十九世紀のイギリスでは服喪の装飾品として人気になりました」

「服喪の……」

この国で服喪といったらまず思い浮かぶのは、明治天皇崩御のさいに婦女子がつけた、黒いリボンの喪章である。髪に結ぶリボンでさえ黒かった。イギリスでは喪中の宝石もあるのか、と思ったが、そういえば異母姉たちが、諒闇《りょうあん》中は三越でも黒い帯留めや指輪を売り出していたと言っていた覚えがある。

「では、子爵夫人はどなたかの喪に服してらしたのかしら」

「それはわかりません。夫人は『魔除けの石』と説明していたそうですから、単に装飾品として愛玩していただけかもしれません。ただ、ジェットはもう鉱山が閉鎖されて、装飾品にも使われなくなっています。あれを好むのはめずらしいですよ」

「変わった宝石がお好きだったのでしょうか」

「変わり者であったことはたしかなようですが。それがね、鈴子さん、あながちあなたとも無関係ではないのですよ」

「どういうことです？」

孝冬はちょっと笑った。

「『千里眼』だったそうで」

鈴子は目をみはる。

「その子爵夫人が？」

「そうです。よくあたったそうですよ、失せ物さがしでも占いでも。お悩み相談も受けていたとか。この界隈では『千里眼の奥様』で通っていたようです。『魔女』というあだ名の所以は、ここにもあるのでしょうね」

「千里眼の奥様……」

「これがね、しだいに胡乱な話になってくるんですよ。まあこの段階でもじゅうぶん胡乱ですが。この千里眼の奥様のもとに相談に行くと、そのうち信心の話になる。悩むのは生きるにおいて信心が足りぬからで、彼女のすすめる神様を信じれば悩みはなくなるという。で、教えを説かれ、神様の絵をもらって帰ることになる」

「……多額の寄付をさせられて？」

「いや、それがまったく金をとらなかったんだそうです。千里眼にしろ、神様の絵にしろ」

鈴子は首をかしげる。こういう話はたいてい、金を巻きあげられるものだが——。

「夫人の実家が、お金持ちだったからでしょうか」

「お金ではなく、純粋に布教が目当てだったのかもしれませんね。まあ、そういうひともいますから。ただ、だからいいというわけにもいかない」

「と、おっしゃいますと」

「政府が認めていない宗教であれば、淫祠邪教のたぐいです。取り締まりの対象ですよ。民間宗教であっても、教派神道とその傘下にある宗教なら大丈夫ですが、そうでなければ徹底的に弾圧を受けます」

「邪教……でございますか」

「政府が区別するだけですがね。ようは、宗教を政府の監督下に置いて、枠組みのなかに収めたいわけです。われわれ神社の神道は宗教ではないという建前ですから、それ以外の民間の神道系の宗教——というとかなりざっくりとしてしまうんですが、それが教派神道。習合神道、仏教、修験道、陰陽道、そういった系統の民間宗教だと思っていただければ結構です。黒住《くろずみ》教とか、天理《てんり》教、金光《こんこう》教あたりなら鈴子さんもご存じでしょうか。この辺は独立教派で……教派神道のなかでもいろいろと区分がありまして、まあおおよそ、多数の民間宗教のことだと思ってください。——ややこしいですか、すみません」

鈴子が『よくわからない』という顔をしていたのだろう、孝冬は苦笑した。

「神道というからには、神道ということでよろしいのですか」

「うーん、神道って幅広いので。いろんなものと習合していますから。仏教はもとより、陰陽道やら儒教やら。解釈によっても違う。かなり広い意味での神道ということですね。まあ、雑多です。そうですね、政府が『活動してよい』と認めた宗教か、そうでないかという違いだけです」

鈴子はうなずいた。それならわかりやすい。

「公認されれば弾圧はされませんが、制約も受けます。教義を変更しないといけなかったり、政府の認める神様を信仰対象に加えたり。——子爵夫人は内密に布教していたわけではなかったそうなので、公認の宗教だったのでしょう。夫人のすすめを受けて信者になったというひとも、ちらほらいました。そのうちのひとりだというのが——」

孝冬は言葉を切って、ひとさし指を立てた。かすかに、昨日も聞いた念仏の声が聞こえてくる。別荘番夫婦が唱えているものだ。

「別荘番のご夫婦ですか」

「信者になったのは、奥さんだけのようですが。勇は近所のひとの話でそう聞いただけで、まだ直接本人には確認できていないそうです」

孝冬は念仏に耳を澄ますように、またすこし黙る。

「この一風変わった念仏——わかりやすく念仏と言いましたが、実際のところ、祝詞と真言が混ざっています。これがかの宗教の唱え歌らしいんですね」

「祝詞と真言……？」

「あのご夫婦に、話を訊いてみましょう」

そう言って孝冬は、別荘に向かって歩きだした。

「あんたがたは、昨日の……花菱男爵様でしたか」

別荘番の老爺が、訪れた孝冬と鈴子を明らかに怪しむ様子で見た。また来たのか、という顔をしている。

「ご存じないと思いますが、私は神社の宮司なんですよ」

孝冬は愛想のいい笑顔を見せて、そう言った。

「お祓いもやってます。幽霊に困っているなら、役に立てますよ」

老爺は目をみはり、「ほんとうですか」と三和土《たたき》に降りて、孝冬に取りすがらんばかりになった。

「お祓いできるんですかね？　あの奥様を……うちら、毎日念仏をあげとりますけど、まったく効きませんで……」

「念仏って、さっきのでしょう。あれはいったい、なんです？　変わった念仏ですが」

孝冬は素知らぬ顔でそんなことを言う。

「あれは、奥様が信心してなさった神さんの念仏ですよ。儂はよう知らんのですが、奥様が信じてなさったんだから、効き目があるかと」

「あんた」老爺のうしろから、老婆が顔を出す。「何遍言ったらわかるんだい。あれは念仏じゃあないったら」

「念仏は念仏だろうよ」

「神歌だよ。神様の歌だよ」

「あなたは、よくご存じなんですね」

孝冬が夫婦の言い合いに口を挟んだ。老婆は口をへの字に曲げて、黙る。疑り深そうな目を孝冬に向けていた。

孝冬は上がり框《がまち》に腰をおろして、「あれが神歌というのは、わかりますよ。『千早振る我が心より……』とありましたね」と老婆に笑いかける。

「真言も混ざっていました。『ダキニ・バザラダドバン』——稲荷信仰かな？」

老婆はムッとした表情になった。「狐なんかと一緒にしてもらっちゃ困るよ。神様なんだから」

「なんという神様です？」

「サンコ様」

「サンコ……」孝冬はつぶやく。

「保食神《ウケモチノカミ》様をそう呼んでるんだよ。奥様は天照大御神《アマテラスオオミカミ》様もお祀りなさってた。うちは、サンコ様の絵を拝むだけだけど」

「絵？　奥様が配っていたという絵ですか」

孝冬は身をのりだす。「見せていただけますか」

老婆はまだ疑わしげな目をしていたが、しぶしぶ、座敷から絵を持ってきてくれた。錦絵版画だ。三面六臂の神像が描かれている。正面の顔は女神、右は鳥、左は犬か狐のような顔をして、六本の腕は鳥の足という姿だった。異形だが、女神の顔が美しいのと、体にまとう衣が天女のようであるのとで、怖いという感じは受けない。

「なるほど」と一瞥して孝冬はうなずいた。

「『燈火教《とうか》』ですね」

老婆は驚いたように孝冬をまじまじと見た。つぶらな目が見開かれている。

「わかるのかい」

「おまえ、そりゃ、宮司さんなんだから」と横合いから老爺が言う。老婆が彼をじろりとにらんだ。老爺は首をすくめる。

「幕末のころに確立した宗教ですが、起源はもっと遡ると言われていますね。教派神道の付属教会のひとつだ。どこの管下か忘れましたが」

「そうだよ。だから、悪い宗教じゃないよ。新聞で言われてるみたいなさ。寄付を強要されるとか、全財産を巻き上げられるとか、そんなんじゃないよ」

老婆がぴりぴりしているのは、『悪い宗教』扱いされる恐れからだろう。

「奥様だってさ、魔女だなんて言って気味悪がってたやつもいるけど、出で立ちがハイカラなだけで、ふつうの上品な奥様だったよ。おっとりしてさ、ちょっとさびしそうで……救いを求めてらしたんだよ。それが、旦那様には厄介者扱いされて、別荘に押し込められてさ」

「厄介者扱い？」鈴子ははじめて口を挟んだ。老婆が鈴子に目を向ける。子爵夫人で見慣れていたからか、鈴子の洋装を見ても特段、驚いた様子がなかった。

「宗教にかぶれたおかしな女だって、ほとんど閉じ込められてるのとおなじだったよ。奥様の実家に援助してもらってたくせにさ。自分は東京に住んで、ろくに奥様の様子をうかがいにも来なかったよ」

「でも、奥様が階段から落ちたときには、一緒にいらっしゃったのでしょう？」

孝冬が確認する。

「そうさ。だから、あたしは疑ってるよ。旦那様が奥様を突き落としたんじゃないかって」

「おい」と老爺が老婆の袖を引く。「めったなことを言うもんじゃない」

老婆はじろりと老爺をねめつけ、袖を引く指を振り払った。

「だってさ、旦那様がめずらしくここにやってくるときは、奥様に宗教をやめろと言いに来るときだけだったじゃないか。きっと喧嘩になって、突き飛ばしちまったんだよ。だから祟られて、それからすぐお亡くなりになったに違いないよ」

老婆はその説に自信があるらしく、しきりにうなずきながら話す。

「そもそも奥様は、実家からも厄介払いで嫁がされたようなもんでさ、なんだかねえ。気の毒なひとだよ」

「実家からも、ですか」鈴子の言葉に、孝冬がつづける。「持参金つきで困窮している子爵家に押しつけたというわけですか」

老夫婦はそろってうなずく。「奥様の実家は金持ちだからねぇ」と老爺が言った。

孝冬が考え込むように腕組みをする。

「実家からも煙たがられていたというのは、信心のせいで？」

「違うよ。これがまったくお気の毒なんだから、よく聞きなさいよ、あんた」

老婆は膝をぐいと進めて、孝冬に詰め寄る。

「奥様は、好いたかたがいらしたんだよ。旦那様じゃなくてさ。あたしは毎日、奥様の話し相手をしていたからね、あたしにだけは教えてくれたんだよ」

「好きなひとがいたのに、引き裂かれて結婚させられたということですか」

孝冬が口を挟むと、老婆は不機嫌そうに「そんな単純な話じゃないんだよ。いいから聞きなよ」と言った。

「お相手はね、誰だと思う？　どこぞのご令息じゃあないよ。実家のお抱え運転手だったんだ」

老婆は孝冬と鈴子の反応を見ていたが、ふたりがさして意外そうな顔をしないので、拍子抜けしたようだった。

正直、よくある話である。運転手と奥様、あるいは令嬢との恋、というのは。ことに良家の令嬢はふだん若い男性と接する機会がないぶん、身近な異性である運転手や使用人と親密になりやすい。さる子爵家令嬢が運転手と駆け落ちしたという話が世間を騒がせたのは今年の正月のことだし、二年前にもやはり運転手と伯爵夫人の駆け落ちがあり、さらに前には心中事件もあった。

老婆は咳払いをして、話を再開する。

「運転手のほうも奥様が好きでね、ふたりはひそかに愛を育んでいたんだよ。ところが、不幸にも運転手は病気になっちまった。肺を病んでね。結核だよ」

「肺結核ですか」

孝冬が問うと、老婆は大きくうなずいた。

工業化にともない都市部に蔓延していった結核は、いまや社会問題化しており、昨年、結核予防法というものがはじめて公布された。肺の病という印象が強いが、全身病である。このころ、最も肺結核死亡率が高かったのは、当然というべきか、東京だった。

「運転手は転地療養することになってね、奥様は平癒を祈って、いろんな神様におすがりしたそうだよ。でも結局、運転手は死んじまったんだって。奥様はそりゃあもうかなしんで、いっときはあとを追おうとまで考えなさったそうだよ。思い直して、生きてゆこうと思えるようになったのは、サンコ様のおかげなんだよ。あたしは奥様のお話を聞いていて、感じ入ったね。ずいぶん、つらい思いをなさってきたんだよ、あの奥様は。食うに困らぬ贅沢な暮らしをしていたって、子供のころからまわりには誰も理解してくれるひとがいなくって孤独だったとおっしゃっていたよ。それでようやく理解しあえる恋人ができたと思ったら、死んじまうんだから……。そんな奥様をご実家のかたがたは疎んじて、さっさと嫁入りさせてしまった。嫁ぎ先はご実家からの金だけが目当てで、奥様本人は別荘に押し込めて邪魔者扱い。あんまりじゃないか」

老婆は洟をすすった。案外、悲恋話にほだされやすく、涙もろいたちらしい。老爺はさして感じ入らなかったらしく、居心地悪そうに板間の塵をつまんでは三和土に捨てている。

孝冬は考え込むように指先で顎を撫でている。鈴子は、子爵夫人のことを考えていた。実家から厄介払いで嫁がされ、嫁ぎ先でも居場所がなく、別荘に幽閉されていた幸薄い夫人のことを。

――だから信仰に救いを求めた。

夫人が身につけていたというジェットは、死んだ運転手の喪に服してのことだろうか。

それとも、ほかに理由あってのことだろうか。

「奥様の幽霊を拝見したいのですが」

孝冬が言うと、老婆は前掛けで目尻を拭い、

「ほんとうに、祓ってもらえるのかい？　あのまんまじゃ、あたしも奥様が気の毒だとは思ってるんだよ」

「拝見しないとなんとも言えませんが、まあ、大丈夫でしょう」

薫香のにおいが濃くなる。鈴子には、まるで淡路の君が舌なめずりでもしているかのように思えた。

老夫婦は鍵を持って玄関を出てゆく。鈴子と孝冬はそのあとにつづいた。庭木の向こうに別荘が見える。老夫婦は正面玄関には向かわず、横手から裏に回った。

「こっちの窓から、よう見えるんですわ」と、老爺が言う。海に面したこちら側にはテラスが設けられており、掃き出し窓があった。屋敷の南側に三階建ての塔屋がある。子爵夫人が転落したのは、あの塔屋の階段だというが。

テラスのある部屋、その掃き出し窓にはレースのカーテンがあり、その薄い布地越しに、ひと影が動くのが見えた。ああ、と別荘番の老爺がうめくような声を洩らして、あとずさった。

「あれですわ……」ささやいて、老婆の背中に隠れる。

地味な紺色の洋服を着た女性が、部屋のなかをすべるように移動していた。いや、すべるように、というよりも、ふと消えて、また違う場所に現れる、そんな感じだった。部屋の端にある簞笥の前にいたかと思うと、まばたきしたつぎの瞬間には、中央のテーブルのそばにいる。歩いているようにはまったく見えず、生きた人間でない異様さがあった。

束髪にまとめられた髪、紺色の裾の長いワンピース、前屈みになった姿勢。カーテン越しに見てとれるのはそれくらいで、顔の造作まではわからない。

香のにおいが立ちのぼる。気づいたときには、淡路の君がかたわらに現れていた。するりと動く。

――待って。

口に出しかけたとき、淡路の君はテラスの前でぴたりととまった。

思いが聞こえでもしたのか、と鈴子は思ったが、そうではなかった。淡路の君の姿が揺らいで煙となり四散する。孝冬は周囲を見まわした。結界か、とつぶやくのが鈴子の耳に届いた。

「奥様はなにか、庭に埋めておられませんでしたか」

孝冬の唐突な問いに、老夫婦はそろって首をかしげたが、すぐに老爺が、「ああ、そういえば」と手を打った。

「あった、あった。そんなことが。たしか、お屋敷を取り囲むように、四隅の地面に。御守りを埋めたいから、穴を掘ってくれと言われて、儂が掘ったんですわ。なんでわかったんです？」

「掘り返してください」

「へ？」

「それのせいでお祓いができません」

「へ……へえ」

老爺はうなずいて、すぐさま納屋に走っていった。円匙《シャベル》を抱えて戻ってくると、屋敷の角に向かった。

「たしか、この辺だったと……」

老爺は見当をつけて地面を掘り返しはじめた。「そんなに深い穴は掘らんかったので、すぐ出てくると思うんですが」

その言葉どおり、円匙のさきはすぐになにかを掘り当てた。かつんと音がする。「おっ」と声をあげ、老爺はしゃがみ込んで手で土を掘った。金色の小さな像のようなものが出てくる。

「こりゃあ……」老爺が像についた土をはらう。

「狐？」と鈴子はつぶやいた。狐か、犬のような像だった。ちょうど、稲荷の社にあるような、狛狐に似ている。

「辰狐《しんこ》でしょう」と孝冬が言った。「吒天法《だてん》だ」

「しんこ？　だてん？」どちらも聞いたことのない言葉だった。

「なんというか──まじないですよ。これを四方に埋めて、魔除けにしたんでしょう」

残りの三方もまた掘り返すと、やはりおなじ像が出てきた。

「ぜんぶ金の像とは、さすが、豪勢なもんだ」と老爺が妙なところに感心している。

「これで、結界がなくなったということになるのですか？」

鈴子は孝冬に訊く。「そうですよ」と答え、孝冬はおもむろにテラスにあがった。掃き出し窓からなかをのぞき込む。鈴子もそれにならった。室内に子爵夫人の姿はない。べつの部屋だろうか。

「なかに入ってもかまいませんか」

金の像をためつすがめつしていた老爺は、「ああ、はい、どうぞ」と老婆を見やる。老婆は鍵を提げて玄関に回った。

「ほんとうに入るのかい？　なにがあっても助けに行かないよ、恐ろしい」

鍵を差し込みながら老婆が言う。「大丈夫ですよ」と孝冬は笑った。

なかに入ると、埃と黴のにおいがした。おそらく掃除もされていなければ、風も通されていない。歩くと靴跡が残る。鼻がむずむずして、鈴子はハンカチで鼻と口を覆った。

「夫人が転落したという、塔屋の階段に行ってみましょうか」

孝冬は廊下を塔屋のある南側に向かう。「階段はこの辺かな。ああ、あった」

突き当たりの扉を開けると、階段があった。らせん階段だ。金属板だけの簡素な階段だった。敷かれている毛氈《もうせん》なども なく、一段の幅が狭い。たしかに足を滑らしそうではあるし、一度体勢を崩したら、途中でとまることもできずに下まで落ちてゆきそうではあった。

階段の具合をたしかめながら登り、三階まで行くと、陽が差し込む大きな窓があり、その前にはテーブルと籐椅子が置いてあった。窓の向こうに海が見える。なるほど、海を眺めるための場所なのだな、と鈴子は理解した。

孝冬は窓を開け放つ。ゆるやかな潮風が入ってきた。むっとした埃と黴のにおいが消えて、鈴子はほっとする。

「サンコ様、というのは三狐神のことだと思います」

潮風に吹かれながら、孝冬が言った。

「サンコシン？」

「三つの狐の神と書きます」

「狐なのですか」

「いえ、本来はミケツノカミと読んで、狐とは関係のない神様でした。それがサンコシンと読むことで、三つの狐の神になったんですよ。狐というのは獣の狐ではなく、人狐、天狐、地狐のことなのですが――さきほど別荘番の家で見せてもらった絵を覚えてらっしゃいますか」

「ええ、三面六臂の」

「そうです、それ。女神と、鳥と、狐の顔を持っていたでしょう。あれが三狐神です。それと神歌。あの歌は、最後、『われ頼む人の願いを照らさんと、浮世に残る三つの燈』で終わります。これが『燈火教』の名前の由来でしょう。それはともかく、この歌は吒天法の歌なんですね」

「はあ……」

「保食神だのなんだのというのは、政府に認めてもらうための建前でしょう。実際のところ夫人が信仰していたのは三狐神。まあ、ややこしい話は省きますが、わかりやすく言えば稲荷信仰みたいなものです」

「結局、狐なのですか」

「狐は稲荷の使いであって稲荷ではありませんが、まあその辺は置いといて、『燈火教』は三狐神と吒天法を中心とした信仰であるということですね。吒天法は頓成悉地《とんじょうしつじ》、祈願成就。願いを叶えてくれる、現世利益が特徴です。――子爵夫人は、なにを願っていたのでしょうね」

――なにを願っていたのか……。

鈴子は窓から下をのぞき込んでみる。地面は遠く、その高さにぞっとしてあわてて身を引いた。

「危ないですから、鈴子さん、もっとこちらに」

孝冬が鈴子の肩を抱き寄せ、さがらせる。

「眺めがいいということは、それだけ危険だということですね」

「ええ……」

肩に置かれた手のぬくもりに、落ち着かない気分になる。孝冬は戸惑う鈴子を気にするふうもなく、手をのける気配もなかった。

「眺めのために三階建ての塔屋を造ったのはいいですが、あの階段では怖い。せめて踊り場があれば、夫人も助かったかもしれません。――ただ、危ない階段であればむしろ、足もとには気をつけるものです。足を滑らせたというのは、実際のところ、どうなんでしょうね」

鈴子は孝冬の顔を見あげる。

「別荘番のおばあさんがおっしゃるように、転落させられたとお考えなのですか」

「さあ。それはいくら考えたところでわかりませんからね。わかることがあるとすれば

――」

孝冬は入り口のほうをふり返った。鈴子もそちらを見て、はっとする。

洋装の夫人がいた。夜空のような暗い紺色のワンピースに身を包み、ジェットの首飾りをつけている。前屈みになり、青ざめた顔をうつむけ、視線を下に向けている。きれいな顔立ちなのだと思うが、痩せて頰がげっそりと削げており、痛々しい。彼女はすっと窓辺に立ったかと思うと、その姿はすぐに霞んで消え、つぎには壁際にいた。

「ひとつ気づきませんか」

「え？」

「夫人はあちこちの部屋に現れて、不自然な前屈みの姿勢で、ずっと下を向いてる。なにかさがしてるんじゃありませんか、あれ」

「さがしものを……？」

そう言われれば、下に落ちたなにかをさがしている、そんなふうでもあった。

いつのまにか、夫人の姿は消えていた。香のにおいがして、淡路の君が現れる。ゆらりとその姿は煙となって、階下へとおりてゆく。

「夫人をさがしているようですね。そのうち食べられます」

「……」

残り香がただようなか、鈴子は室内を見まわした。

寄木《よせぎ》張りの床に絨毯が敷かれて、その上にテーブルと籐椅子がのっている。ほかに調度類はない。鈴子は膝をついて、テーブルと籐椅子の下をのぞき込んだ。

——夫人がさがすようなもの……下に落ちた、たぶん小さなもの……装飾品？　イヤリングや、指輪、ブローチ。あるいはペンダント？

「いちばん落としそうなのは、イヤリングだけれど……」

ほかの部屋もさがしてみよう、と思ったとき、鈴子は窓の外が目に入った。もしや、と窓枠からすこしだけ身をのりだす。「鈴子さん、危ないですよ」と孝冬があわてたように腕をつかんだが、鈴子はかまわず窓の外を指さした。

「あれをごらんになって」

窓の下は外壁が突きだしており、そこに銀色の丸いものがひっかかっているのだ。手を伸ばせば拾えそうである。

「鈴子さん、いけませんよ。私がとりますから」

孝冬は鈴子の体を部屋のほうへ押しやると、窓枠をつかんで手を伸ばした。自分でやるよりもはらはらする。心配をよそに、孝冬はすぐに姿勢を戻した。ハンカチをとりだし、拾ったものを拭く。

「懐中時計ですよ。女性用ですね。ネックレスにつけて、首から提げていたものでしょう」

彼の言うとおり、それは懐中時計だった。鎖が途中で切れている。どういう状況であんなところに落ちてしまったのだろう。男性用のものよりひとまわりほど小ぶりで、蓋はなく、裏側に細かな模様が細い線でびっしりと彫り込まれている。

「これは……」

孝冬はうなった。彫り込まれていたのは、さきほど別荘番の老婆に見せてもらった絵に描かれていたのとおなじ、三狐神の像だったのだ。

「夫人がさがしていたのは、これ……？」

こんなものが、と、正直思ってしまった。

燈火教の神様。これは信仰のあかし、ということだろうか。

――それほど、彼女にとってこの神様は大事だったのか。

死んでも、浮かばれずにさがしまわるほど。

鈴子には、それほどの信仰心は、よくわからない。これをなくしてしまうのが、成仏できぬほどの心残りになるというのか。

だが――。

「わたしには、信仰というものはよくわかりませんけれど……」

鈴子は懐中時計を見つめる。

「子爵夫人にとって大事だったことくらいは、わかります」

成仏できぬほどに、大事だったのだ。

皮肉なことに、おそらくあの結界のせいで、夫人もまた屋敷から出られなかった。だから、窓の外に落ちていたこれを、見つけることができずにいたのだ。

鈴子は懐中時計をつかむと、急いで階段をおりた。着物と違い、洋服は急ぐときには便利だ。

夫人の姿をさがしながら塔屋をおり、廊下を駆け、居間に向かう。まだ淡路の君に食べられてなければいいのだが――と願いながら。

居間に飛び込んだとき、窓際に夫人の紺色の洋服姿が見えた。そのすぐ前に、淡路の君も。

「――奥様！」

鈴子は叫んだ。懐中時計をかかげる。

「見つけました。これをおさがしだったのでしょう？」

うつむいていた夫人が顔をあげる。削げた頰に窪んだ眼窩、だが瞳はしっかりと懐中時計を捉えていた。瞳が輝き、顔は歓喜の色に染まる。つぎの瞬間には、夫人は鈴子の目の前にいて、懐中時計にとりすがっていた。

目から涙が滂沱《ぼうだ》とあふれて、その滴が床に落ちる、と思ったとき、夫人の姿は薄らぎ、消えていった。涙の跡は残っていなかった。

鈴子の手に、懐中時計だけ残っている。それを握りしめて胸に抱き、鈴子は正面を向いた。淡路の君が鬼のような形相で鈴子を凝視している。吊り上がったまなじりは震え、瞳は瞋恚《しんい》の焔《ほのお》に燃えているようだった。

あとずさりたくなるのをこらえ、鈴子は淡路の君をにらみ返す。淡路の君はするりと近づいてきた。薫香のにおいが脳天に突き抜けるほど濃くなり、一瞬、息ができなくなる。淡路の君の顔がくっつきそうなほどに近くなった、かと思うと、突然その身はぱっと砕け散った。薄い煙と香りだけが残る。

背後で足音がする。ふり返ると、孝冬がいた。煙はそちらへ流れていって、蛇のように巻きつきながら、次第に消えていった。

「夫人は消えました。懐中時計が見つかったから。わたしは淡路の君を怒らせたでしょう」

孝冬も、淡路の君の形相を見ただろう。黙っている。

「わたしはこれからも彼女を怒らせるでしょう。わたしは彼女の思いどおりには動かないから」

鈴子は孝冬に向き直った。

「鈴子さん？」

孝冬はけげんそうな顔をする。

「いま、はっきりと思いました。あれは『魔』です。あれこそ『魔』ではございませんか。あんなものにこのさきもずっと、囚われつづけるだなんて」

――歪んでいる。

おかしな話だ。いつか鈴子が子を産んだら、その子もまたあれを養い、そのさきもずっと？　そう考えたら、妙に腹が立ってきた。

「わたしは――わたしは、淡路の君を、退治したい」

口にすると、鈴子は己の意思が明確な輪郭を持って浮きあがってくるように思えた。ずっと胸の底にあった思いだ。

「……鈴子さん」

孝冬の表情と声には、困惑が見てとれた。

「淡路の君を祓うというのは、昔も試みて、失敗しているのですよ。だからもう、誰もやろうとはしません」

「昔できなかったからといって、なぜいまもできぬと断じるのでございましょう。昔がいつだか存じませんが、いまは明治も過ぎて大正でございますよ」

「亡霊を食わせねば、祟られますよ」

「そうでしょうか」

「え？」

「あなたもおっしゃってました、『どこまでが祟りなのか知りませんが』と。お祖父様たちがお亡くなりになったのは、祟りでしょうか。ほかに祟られた例をご存じなのですか」

「いや、それは……」

「たしかめましょう。花菱一族のこれまでを。突破口が見つかるかもしれません。――いえ、見つけます」

「そうは言っても」

孝冬はなかばあきれたように鈴子を眺めていた。が、そのうちなにがおかしいのか、笑いだした。

「いや、ほんとうにあなたには驚かされる……」

孝冬の笑顔は苦笑するようでもあり、どこかうれしそうでもあった。

「わかりました。私はあなたに従います」

「従う？」

「最初から、私はあなたにかしずいているようなものですからね」

ときおり、孝冬は鈴子にわからない言語を用いるような気がする。なにを言っているのかわからない。

孝冬は目を細めた。

「いまのは愛の告白ですよ」

「……なにを言っているのかわからないわ」

思わずつぶやくと、孝冬は肩を揺らして笑った。

屋敷を出ると、別荘番の家の前で、老夫婦と見知らぬ男性がなにやら話をしていた。老夫婦はしきりに男性に頭をさげ、言い訳をしているふうに見える。男性は三十過ぎくらいで、上等そうなスーツに身を包み、眼鏡をかけている。厳しい顔つきで老夫婦の話に耳を傾けているので、怒っているのだろうか、と鈴子は思った。

「降矢氏かもしれませんね」と孝冬が言う。鈴子もうなずいた。

「あのご夫婦は、わたしたちを別荘に入れたことを叱られているのでしょうか」

「そうかもしれません。事情をお話ししましょう」

孝冬が足早に男性に近づく。

「すみません、もしや、降矢さんですか」

「そうですが――」男性は警戒した声音で答える。厳しい顔つきも変わっていない。「あなたは？　ここでなにを？」

「私は花菱孝冬といいます。少々事情がありまして、お屋敷のなかに入れていただきました」

「花菱……花菱男爵ですか。『薫英堂』の」

男性は表情をすこしやわらげた。

「失礼しました。私は降矢篤《あつし》と申します。この別荘は妹が住んでいたものでして」

「では、笹尾子爵夫人の兄上ですか」

「ええ、そうです。花菱男爵は、こちらになにかご用でしたか？」

孝冬は愛想のいい笑みを浮かべた。

「子爵夫人の幽霊が出るという話でしたので、うかがったのです」

降矢は眉をひそめ、老夫婦のほうをじろりと見た。「そんなことを言い広められては、困りますね」

「いえ、儂らはそんな……」

「このひとたちから聞いたのではありませんよ。ちょっと小耳に挟んだもので」

孝冬がとりなす。「それくらい、噂になっていたということです」

降矢はため息をついた。

「そうですか……。そんなに噂になってましたか」

「大丈夫ですよ、そのうち噂も消えるでしょう。お祓いしましたから」

「え？」と降矢はけげんそうに訊き返す。「お祓い？」

「私は宮司ですので」

「奥様、成仏なさったんですか」

老爺が驚いた声をあげた。隣で老婆も息を呑んでいる。

「なさいましたよ。もう現れないでしょう」

ほう、と老夫婦は深い息を吐いた。なにを思ったか、老爺は孝冬に向かって手を合わせて拝んだ。老婆は前掛けで目元を拭っている。

「ほんとうに……？」

降矢は疑わしそうにしている。

「いえ、花菱男爵が神職でいらっしゃることも、お祓いをなさることも存じております。ですが、妹はほんとうに成仏したのですか」

孝冬は、へえ、という顔を一瞬見せた。お祓いをしていることを、降矢が知っていたのを意外に思ったのかもしれない。鈴子も意外だった。降矢はよほど、華族界の情報に通じているのだろうか。

「子爵夫人は、ずっとさがしものをなさっていたのですよ。それが見つかったので、成仏なさったのです」

「さがしもの？」

「こちらです」と、孝冬は鈴子に目を向ける。鈴子は手にしていた懐中時計を降矢にさしだした。はっと、降矢の目が懐中時計に釘付けになる。

「これは……」うめくような声が降矢の口から洩れた。

「ご存じでしたか、この時計を。塔屋の窓の外に落ちて、ひっかかっていたのですよ。下まで落ちていたらガラス面が砕けているところでした」

降矢は懐中時計を手にとり、見つめた。

「これは妹のものです。遺品のなかに見当たらないとは思っておりましたが。妹が彫金師に頼んで、輸入品の懐中時計に彫らせたもので――うちは祖父も父もイギリスに洋行しておりまして、イギリスかぶれといいますか、洋服でも文化でも、あちらのものを好んで取り入れていた時期があるんです。装飾品にしてもそうで……」

「それで、ジェットをお好みだったわけですね」

孝冬が言うと、降矢はうなずいた。

「あれはモーニングジュエリー――喪中の宝飾品でしょう。いまはとうに流行遅れでしょうが、妹はかまわずつけておりました。……」

言葉をつづけようとして、降矢は言い淀んだ。別荘に目を向け、「立ち話では失礼ですね。なかへ行きましょう」とうながした。鈴子と孝冬はまた別荘に戻る。老夫婦はその場に残された。

別荘に入った降矢は、ソファにかけられていた埃よけの白布をとり、「どうぞ」とすすめてくる。鈴子と孝冬はそれぞれ腰をおろし、降矢も向かいのソファに座った。彼は懐中時計をテーブルに置いて、それを眺めながら口を開いた。

「うちはもともと、信心深い家ではありました」

「甲府のご実家ですか」

「ええ。養蚕農家で、そういったところはだいたい、養蚕の神を祀っておりますから」

「オシラサマとか、蚕養《こかい》明神とか、馬鳴《めみょう》菩薩とかですか」

「そうです。さすがにお詳しい。うちでは『蚕守《こもり》様』といって、屋敷神として祀ってました。べつの事業をはじめてからは、祖父も父も恵比寿様を祀ったり、なんにせよ縁起担ぎとか信心を大事にするんですね。経営者はそういう人間が多いそうですが」

「そう聞きますね」

「そういう家に育ったからなのか、妹も小さいときから信心深い子ではありました。引っ込み思案で、おとなしい娘でしてね。幼児のころは病気がちだったのもあって、それこそお蚕様を育てるように、祖父母や両親、女中たちから大事にされて育ちましたよ。そのせいなのかどうか、神経質といいますか、感受性が強いと言えばいいのか、妙なことをよく言いもしました」

「妙なこと？」

「祖母の霊がいるとか、こう言ってるとか、先祖が怒ってるからこうしないといけないとか、まあいろいろと。家族は、信心深いわりに――いや、信心深いからこそなのか、妹のそうしたふるまいをいやがりましてね。祖父なんかは、蚕守様がお怒りなんじゃないか、と恐れていたこともありました。父母は心配して医者に診せたり薬を出してもらったりしてましたよ。効き目はありませんでしたが。しかし、つねにそうというわけでもありませんでしたから、さして大仰に悩んだり苦しんだりといったほどでもなかったんです。それが——」

どこでどう間違ったのでしょうね——と、降矢は苦い笑みをこぼした。

「手違いのはじまりは、運転手でした」

夫人の恋人だったという、お抱え運転手のことか。すでに知っている話だが、孝冬も鈴子も、話の腰を折らぬよう、知らぬ態《てい》で聞いた。

「うちで雇っている、自動車の運転手です。妹はこの者と、恋仲になってしまった」

「なるほど」と、孝冬は相づちを打つ。

「よくある話でしょう」と降矢はうんざりしたように言った。「運転手とその家の夫人や娘が恋仲になるというのはまったくよく聞く話ですが、わが家も例に漏れず……」

降矢は眉根をきつくよせている。「気をつけていたのですがね。駆け落ちやら心中やらされては困りますから」

「その運転手と、夫人は……」

「運転手は病気で死にました。肺を病んでおりましたので」

孝冬はうなずいて、黙ってさきをうながした。

「ふたりの仲が知れたのは、男が肺病で職を辞めて、転地療養することになったときですよ。妹は一緒についてゆくと言いだしたからです。仰天しましたよ。寝耳に水でしたからね。なんにせよそんな真似はさせられませんので、まずは彼が完治することを祈っていなさいと諭したんです。病気が治れば結婚してもよいと父も言いましてね。そりゃあ、駆け落ちや心中されるよりはましですから。うちは華族でも旧家でもありませんし。実際、父は彼を大阪の結核治療で有名な病院に入れてやりましてね。まあ父は妹には甘かったんですよ。大甘です。——それからです、妹がやたらに宗教に凝りだしたのは」

降矢は懐中時計をにらみつけて、ずっと不機嫌そうにしゃべっている。まるで懐中時計に対して妹への苛立ちをぶつけているかのようだった。

「諭したとおり、祈ることにしたんですよ。病気平癒に功徳《くどく》があると聞いては、その宗教にお布施を積んで、祈禱してもらって。そのうち行き着いたのがあの狐憑きの拝み屋ですよ」

「狐憑きの拝み屋？　燈火教のことですか」

「そんな名でしたかね。ご大層な教えやもっともらしい神様を説いてましたが、あれは狐憑きでしょう」

「まあ、いちおう、燈火教は政府公認の宗教ではありますが」

「どんな手を使ったのだか。あんなものを認めるなんて――」降矢は首をふった。「ともかく、妹はあれに熱心になりすぎた。もともと神経質な娘ですから、あまりに熱心すぎて思いつめてしまいまして、家族の皆が心配しておりました。そんなおりに、療養中だった男が死んでしまった。おわかりになるでしょうか、妹がどれだけ錯乱したか。あとを追いかねない状況でした」

「それを救ったのが、燈火教だったと」

孝冬が言うと、降矢は渋面になって、ため息をついた。

「そのとおりです。神に祈ることで、妹はどうにか心を保っていたんですよ。いたしかたあるまいと家族一同、許容していたのですが、そのうち売卜者《ばいぼくしゃ》のような真似をしだしまして」

「千里眼ですか」

「よくご存じですね。そうです。失せ物さがしだの、八卦見のようなことだの、まあ怪しげなことをさまざまに。頭を痛めていたところに、縁談が持ち上がりまして。それが笹尾子爵との縁談でした」

降矢は皮肉げな笑みを唇に浮かべる。

「どうせさんざん噂されているでしょうから有り体に言ってしまいますが、持参金つきで押しつけたんですよ。もういいかげん、私たちも持て余してましてね。そのころは地元の親戚のところに預けていたんですが、そこでもまあ噂になってまして。どうにもならない。もちろん、子爵には事情をお話ししましたよ。それでもぜひにと言われるので、嫁入りさせたのです。子爵はひとのよさそうな、気のやさしい男性だと思ったんですがね……」

降矢はそこではじめて表情を翳らせ、陰鬱な目で窓のほうを眺めた。

「家族でも持て余した女ですから、荷が重かったのかもしれません。結婚後すぐに妹はここに押し込められたきりで、子爵は東京で生活していましたよ。いや、無論、妹が東京に帰ろうと思えば帰れたとは思いますが。妹にもその気がなかったんでしょう。妹がここで千里眼の真似事をして布教しているという話は、私のところへもすぐ届きました。どれだけ言ってもやめないし、あまり強く詰ると癇癪《かんしゃく》を起こすので、私も放置するようになりました。子爵もそうだったのでしょう。ですが、私どもと違い、子爵には華族の体面というものがあるでしょう？」

降矢は孝冬を見る。孝冬は「そうですね」とうなずいた。

「醜聞が知れわたり騒ぎになれば、宮内省の判断によっては礼遇停止、爵位返上もあり得る。単に世間への聞こえが悪いとかそういったことではなく、死活問題になりかねないことです」

孝冬の説明に、降矢は「華族もたいへんですね」と苦笑する。

「ですから、子爵も弱ったようです。何度か私のほうに相談がありました。どうにかならないかと。どうにかなっていたら、追い出すように嫁がせたりしてないでしょう」

降矢は自嘲するように笑った。

「婚家でも妹は持て余されて、お荷物になった。そのあげくが、転落死のうえ、幽霊ですから……」

降矢は首をふって、うなだれた。

「愚かな妹です」

その言いように、鈴子は夫人の涙を思い出して胸が痛くなったが、唇を嚙んだだけで、口は挟まなかった。降矢とて、妹を持て余したくて持て余したわけではなかろう。夫人はどこにも居場所がなくて、宗教に溺れた。どちらの苦しみも、鈴子に口を挟む余地を与えない。

「……あの」

鈴子はひとつだけ訊きたくて、口を開いた。降矢ははじめて鈴子が視界に入ったかのように、正面から鈴子を見た。

「私の妻です」と孝冬が手短に紹介する。ああ、と降矢は軽くうなずいた。

「なにか？」

「いえ……、子爵夫人がつけていらした、ジェットのことですけれど、あれはいつからおつけになるようになったのでございましょう」

降矢はけげんそうな顔をしたが、すぐに答える。

「嫁いでからですよ。運転手を偲んでのことでしょう」

鈴子もまずそう思ったが、たぶん、違うのではないか。

――わたしの心は、死んでいる。

そういう意味だったのではないか。そんな気がした。実家にも婚家にも居場所がない。愛した者は死んだ。理解者はいない――いや、ひとつだけ。信仰だけが彼女の理解者であり、拠り所だったのだ。たったひとつの灯火だった。

彼女が願い、求めたものは、己を認めて受け入れてくれる存在だったのではないか。信仰、崇拝、希求。痛々しいほど救いを求める彼女の叫びが、消えてゆくあの瞬間の涙に見えたように思った。

「それが、どうかなさったのですか？」

降矢が黙り込む鈴子に不審そうに問う。「いえ」と鈴子は言葉すくなに答えて、かぶりをふった。いま、ここで鈴子が思ったことを口にしても、なんにもならない。無用に降矢を悩ませ、苦しめるだけに思えた。

「私からもひとつ、お尋ねしてかまいませんか」

孝冬が言う。

「なんでしょう」

「妹さんのお葬式は、仏式で？」

予想外の質問だったのか、降矢は答えに詰まった。

「すみません、神職の人間なもので、その辺が気になりまして」

「……ええ、はい。そうですよ、仏式です。うちは曹洞宗ですので、その様式で。燈火教の葬式なんて知りませんし。そもそも、燈火教の人間はお悔やみのひとつも言いに来てませんよ。まったく」

「ご実家の宗派で葬式を？　喪主は笹尾子爵ですか？」

「いえ、父でした。そのころにはもう、子爵は行方知れずになっていて」

「行方知れず？」

「ええ。子爵は妹が階段から落ちてすぐ、あの別荘番の夫婦に医者を呼ぶように言いつけたあと、姿をくらましたんです。行方がわかったのは一週間ほどしてから、汽車に轢かれて死んだと連絡があったときですよ」

降矢は当時を思い出してか、迷惑そうな表情を浮かべた。

「泥酔していたそうですよ。一週間、どこでなにをしていたのだか知りません」

「自責の念に駆られてさまよっていたとか」

降矢はちらりと孝冬に目を向ける。

「子爵が妹を階段から突き落としたとお考えですか。そういう噂は聞いてますが、もう死んだひとのことですからね。私のほうから憶測でものを言うのはやめておきます」

慎重なひとである。だが、その口ぶりからすると、彼もそうだと考えていると言っているようなものだった。実際、子爵が突き落としたと考えたほうが、いろいろと腑に落ちる。

信仰のことで子爵と夫人は喧嘩になり、子爵が怒りにまかせて夫人から懐中時計をとりあげる。夫人はそれを取り返そうとしてつかみかかるも、子爵に突き飛ばされて階段から落ちる。子爵はわれに返り、窓から時計を投げ捨て、別荘番の夫婦のもとへ……。

事実からこれくらいの推測はできるが、なにぶん、夫妻はどちらも亡くなっているので確かめようもない。それに、夫人にとって大事な問題だったのは、突き落とされたかどうかではなく、懐中時計の行方だった。

降矢は懐中時計を手にとると、丁寧にハンカチで包んで、上着のポケットにしまった。

「なんにしても、妹の遺品を見つけてくださって、ありがとうございました。成仏できたというなら、よかった」

簡素な言葉ではあったが、ぬくもりが籠もっていた。彼も妹に関しては、心残りがあったのだろう。

話はもう終わりだという合図でもあったので、孝冬は立ちあがり、鈴子もそれにならう。

「こちらこそ、あなたの許可も得ず屋敷に立ち入って、申し訳ありませんでした。言いにくいお話まで聞かせていただいて」

「いえ、これもなにかのご縁でしょうから」

降矢はそこではじめて、打ち解けたような柔和な笑みを見せた。

「花菱男爵にお会いするのは、これがはじめてではありませんし。いえ、あなたではなく、先代の――兄上でしたか、そのかたにお会いしたことがあります」

孝冬の表情が、一瞬、固まった。すぐに微笑を浮かべる。

「そうでしたか。兄と面識がおありとは、存じませんでした。仲良くしていただいていたのですか?」

「いえ、一度お会いしたきりです。――お亡くなりになったのは、残念でした。聡明なかただったのに」

った。

「ええ……ほんとうに」

孝冬の声に、春の日陰のようなさびしさが混じる。冷ややかさとは違う、物悲しさがあった。

鈴子は孝冬とともに屋敷を出て、ふたたび海岸沿いの松林を歩いたが、彼はほとんど口をきかなかった。

潮風が梢を揺らす。木漏れ日が揺れて、孝冬の顔に複雑な翳を作った。

「鈴子さん」

硬い声で呼び、孝冬は立ち止まった。鈴子もつられて足をとめる。

「はい？」

パラソルを傾けて顔を見あげると、孝冬はいつになく神妙な、沈痛とも言っていい表情をしていた。

「なんでございましょう」

うながしても、孝冬はしばらく口を開かなかった。それだけなにか、重いことを言おうとしているのだろうと、鈴子も黙って待った。波の音が大きく響く。

「あなたに、ずっと、隠していたことがあります」

ようやく口を開いた孝冬は、もうそれだけで血を吐くように苦しげな顔をしていた。

「ずっと言えなかった……あなたに嫌われたり、軽蔑されたりするのが怖くて」

鈴子は孝冬を見つめる。

「そんなことを、怖いとお思いになるの？」

不思議だった。たかが鈴子のような若い娘ひとりに嫌われたり軽蔑されたりすることの、なにがそれほど怖いのか。

孝冬は苦笑した。

「怖いですよ。こんなに怖いことはない。あなた以外のほかの誰に嫌われようと構いませんが、あなたにだけは嫌われたくない」

鈴子はすこし首をかしげた。

「嫌わないと思いますけれど」

「え？」

「なにを秘密にしてらしたのか存じませんが、たぶん、嫌ったりしません。――だって、あなたの印象がいちばん悪かったのは、最初のときですもの。いえ、二回目にお会いしたときがいちばんひどかったかしら」

そうね、二回目のほうね、とつぶやく鈴子を、孝冬はぽかんとして見ている。

「あのときより、ひどくはならないと思います」

孝冬は「じゃあ」とおそるおそるといった様子で、「怒りませんか」と言った。

「まあ。怒らないことまで要求なさるの。ずいぶんね」

鈴子はあきれた。孝冬は決まり悪そうに頭をかいて目をそらし、まるで叱られた犬のようだった。

「怒りはするかもしれませんけれど、嫌ったり軽蔑したりはいたしません。言えずにいらっしゃったのは、よほどのご事情がおありだったのでしょう」

鈴子は考えを巡らす。軽々に言えないことで、鈴子に関すること、言えば鈴子が怒りそうなこと。

――わたしに関することと言ったら……。

「あなたにお頼みしたこと……『松印』、それに関することかしら」

思いつきで口にしたとたん、孝冬の顔は固まり、青ざめた。

「わたしの千里眼もまだ健在のようでございますね」

そう言うと、孝冬は深く長い息を吐いて、その場にしゃがみ込んだ。

「大丈夫でございますか」

鈴子は身をかがめ、孝冬の顔をのぞき込む。孝冬は髪をくしゃくしゃとかき乱した。

「あなたには敵いませんよ。ええ、そのとおりです。千里眼を見くびっていました」

「まだこれで商売ができるかしら」

「それはやめてください」

孝冬は力なく笑い、鈴子を見あげた。いつもとは逆の位置だ。鈴子が見おろす孝冬の顔は、不安そうで、寄る辺ない少年のようだった。

「……兄が……、『松印』なんです」

頭に手をやったまま、か細い声で、孝冬は言った。

鈴子はその言葉を胸のうちで反芻する。

——孝冬さんのお兄様が……。

「亡くなったお兄様のお印が、『松印』だったのでございますか」

「はい」

孝冬は悄然とうなだれる。鈴子には怒りも軽蔑も、湧き起こってくる気配すらなかった。そういう感情とはまたべつの気持ちが、胸にはあるように思えた。

——それでずっと、このひとは苦しんでいたのだろうか。

なにかに悩み、苦しんでいるようだとは思っていたのだ。それは、これだったのか。原因がわかって、妙に安堵したような気持ちと、もっと早く言ってくれればよかったのに、という、あきれたような気持ち、さらには落ち込む孝冬をいたわってあげたいような気持ち、そんないろんな感情が混ざり合っていた。

「……わたしの上の兄だって、『松印』でございます。華族のお印に『松印』がとても多いのは先刻承知だと、前にも申しあげていたはず。ですので、あなたのお兄様がそうであっても不思議はございませんし、驚きもしません」

孝冬が顔をあげ、鈴子の気持ちをさぐるようにじっと見つめてくる。

「もし……万が一、あの犯人の『松印』があなたのお兄様であったとしても、それとあなたは関係ございませんし、あなたがわたしの夫であることに変わりはございません」

鈴子は、金山寺屋の幽霊を思い出していた。彼の娘が住む家の前に佇み、謝りつづけていた哀れな婦人の幽霊も、また。あの婦人も、首をくくって死んだという婦人の娘も、そんなふうに人生を壊されずともよかったはずだ。

だが――鈴子がもし金山寺屋の娘だったら、かの婦人やその娘を、おなじように思えるだろうか。家族には罪はないと。罰を受ける必要はないと。

もし、ほんとうに孝冬の兄が犯人であったとき、いま言ったのとおなじことが、言えるだろうか。

わからない。そこまでの確信がいま、持てるわけもない。それでも、鈴子は孝冬の苦しみを受けとめたいと、そう思っているのだ。淡路の君を恐れた鈴子を、淡路の君を退治したいと望む鈴子を、孝冬が受けとめてくれたように。

愛情とか、好意とか、そういうことは鈴子にはよくわからない。ただ、ひとりの人間として、孝冬と向き合いたいとは思っている。

鈴子の手からパラソルが落ちる。うずくまる孝冬に両手を伸ばし、その身を抱きしめた。木陰にいるせいか、背中は冷えている。鈴子は彼の背をあたためるように、何度も撫でさすった。

孝冬の手もまた、鈴子の背に伸びる。背が冷えていたのは鈴子もおなじだったようで、手のひらのぬくもりが、じんわりと背中から胸のうちまで広がってゆく。

「鈴子さん」

名を呼ぶ声は、かすかに震えていた。

初夏の潮風が、松林を吹き抜ける。木漏れ日が揺れて、まばゆい光がふたりの上に落ちた。

その晩、孝冬が寝室に入ると、鈴子は寝台の上に正座して待っていた。

「昨夜は不覚にも眠ってしまいましたので、今日はしっかり意識を保っていなくては、と思いまして」

真面目くさった顔をしている鈴子に、孝冬は噴き出しそうになる。

「武家の血を感じますね。あなたは勇ましい」

「馬鹿にしてらっしゃるの？」

「まさか。尊敬しています」

そう言うと、まんざらでもないのか、鈴子は照れたように視線をさまよわせていた。

かわいらしい――と思う。

鈴子に対して、ただひたすら愛おしさを感じるときもあれば、高潔さに頭を垂れたくなるときもあり、子犬のようにかわいらしい、と思うときもある。すべてをひっくるめてひとことで表すなら、孝冬は鈴子を崇めている。そう言うのがいちばん近い。古代、原始的に崇められた地母神への信仰とはこういったものではないかとも思う。

寝台にあがり、正座した膝の上にきっちりとそろえて置かれた鈴子の手に、己の手を重ねると、鈴子の体がこわばるのがわかった。

「鈴子さん。あなたに好きになってもらいたいと願うのは、贅沢でしょうか」

孝冬は鈴子の顔をのぞき込む。鈴子は不思議そうに、「べつに嫌ってはおりません」と言った。

「好きになってほしいんですよ。恋い焦がれてほしいんです」

いまの己のように。

鈴子は戸惑った表情を浮かべている。

「もう夫婦なのに……?」

「形と気持ちはべつでしょう」

鈴子が己を疎んじていないのはわかる。きっと、それに甘えている。こんな贅沢な望みを抱くのは。

鈴子が向けてくれる感情は、木漏れ日のように清々しく、まぶしい。対して己のこの感情は、よこしまで、沼の底の泥濘《ぬかるみ》のようだ。どうしてもっと軽やかに愛せないのだろう。

鈴子は孝冬の目を見て、

「努力いたします」

と言った。孝冬は笑う。

「違いますよ、鈴子さん。努力するのは、私のほうです。あなたに恋い焦がれてもらえるよう、努力しますから」

孝冬は鈴子の手を握りしめた。

「……見捨てないでくださいますか」

鈴子はじっと孝冬の瞳を見つめる。思えば彼女は最初から、まっすぐ射貫くようなまなざしで孝冬を見ていた。

「はい」

鈴子は当然のようにそう答えて、うなずく。この執心を彼女はわかっていないに違いない、と孝冬は思う。鈴子の頰を撫で、浴衣を着た肩を撫でる。彼女がここにいるのを確かめる。抱き寄せると、意外なほどに鈴子の体は小さく感じる。

──どこにも行かないでほしい。

そう祈って、目を閉じた。眼裏に、星が光る。淡いまたたきは、暗闇にわずかにともった、灯火のようだった。

翌日、鈴子は孝冬の漕ぐボートに乗った。いやだいやだと言いながらも、海のそばに来れば、やはり興味が湧いてくる。乗るときが最も揺れて怖かったが、乗ってしまえば、平気だった。入り江だから波は穏やかで、風も緩い。右手にパラソルを、左手をボートの縁に置いて、鈴子は海を眺めていた。陽光に波がきらめいているさまは、ダイヤモンドの輝きを見るかのようだった。まぶしさに目を細める。海は広々として、はてしない。空も海も青いのに、はっきりと色が違うのが、不思議だった。遠くに沖を行く大きな船が見える。

波の音は静かで、風の流れか、ときおり潮の香りが強くなる。生きているものと死んだものが合わさったような潮のにおいは、嫌いではない。

「怖くはありませんか、鈴子さん」

漕ぐ手を休めて、孝冬は鈴子の様子を眺めている。

「大丈夫です。開放的で、いい気分でございます」

「それはよかった」

孝冬は笑う。

今朝は、ふたりで香を薫いた。その香りも、海の上に出てしまえば、潮風に押し包まれて消えた。

「夏になったら、また来ましょうか」

「はい。海には入りませんけれど」

「足をつけるくらいなら、できるんじゃありませんか。ボートにも乗れましたし」

「いやです」

はは、と孝冬は声をあげて笑った。その笑みは波よりもまぶしく見えて、鈴子は目を細める。吹き抜けた風は、光り輝いていた。

光文社文庫

文庫書下ろし

花《はな》菱《びし》夫《ふ》妻《さい》の退《たい》魔《ま》帖《ちよう》

著 者　白《しら》川《かわ》紺《こう》子《こ》

2022年9月20日　初版1刷発行
2022年10月15日　2刷発行

発行者　鈴木広和
印刷　新藤慶昌堂
製本　フォーネット社

発行所　株式会社 光文社
〒112-8011　東京都文京区音羽1-16-6
電話（03）5395-8149　編集部
8116　書籍販売部
8125　業務部

ISBN978-4-334-79426-2　Printed in Japan

組版　萩原印刷